Copyright © 2023 Ler Editorial

Texto de acordo com as normas do novo acordo ortográfico da língua portuguesa (Decreto Legislativo Nº54 de 1995).

Todos os direitos reservados. Proibida a reprodução total ou parcial, de qualquer forma ou por qualquer meio, mecânico ou eletrônico, incluindo fotocópia e gravação, sem a expressa permissão da editora.

Editora – Catia Mourão
Capa – Joice Dias / Ellen Ferreira
Diagramação – Catia Mourão
Revisão – Halice FRS

CIP-BRASIL. CATALOGAÇÃO NA PUBLICAÇÃO
SINDICATO NACIONAL DOS EDITORES DE LIVROS, RJ

D842g

    Driely, Jéssica
       Grávida rejeitada / Jéssica Driely. - 1. ed. - Rio de Janeiro : Ler, 2023.
       156 p. ; 21cm.

       ISBN 978-65-86154-90-0

       1.   Romance brasileiro. I. Título.

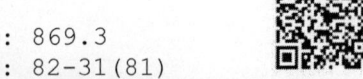

23-83585
                          CDD: 869.3
                          CDU: 82-31(81)

Meri Gleice Rodrigues de Souza - Bibliotecária - CRB-7/6439
20/04/2023   25/04/2023

Foi feito o depósito legal.
Direitos de edição:

Ler Editorial

GRÁVIDA REJEITADA

JÉSSICA DRIELY

1ª edição
Rio de Janeiro – Brasil

Sumário

005	DEDICATÓRIA	087	CAPÍTULO 20
009	PRÓLOGO	091	PARTE 3
011	PARTE 1	092	CAPÍTULO 21
012	CAPÍTULO 1	095	CAPÍTULO 22
016	CAPÍTULO 2	099	CAPÍTULO 23
019	CAPÍTULO 3	103	CAPÍTULO 24
023	CAPÍTULO 4	108	CAPÍTULO 25
027	CAPÍTULO 5	113	CAPÍTULO 26
032	CAPÍTULO 6	117	CAPÍTULO 27
035	PARTE 2	121	CAPÍTULO 28
036	CAPÍTULO 7	125	CAPÍTULO 29
040	CAPÍTULO 8	129	CAPÍTULO 30
044	CAPÍTULO 9	133	CAPÍTULO 31
048	CAPÍTULO 10	138	CAPÍTULO 32
053	CAPÍTULO 11	142	CAPÍTULO 33
058	CAPÍTULO 12	145	CAPÍTULO 34
061	CAPÍTULO 13	150	EPÍLOGO
065	CAPÍTULO 14	153	AGRADECIMENTOS
069	CAPÍTULO 15		
072	CAPÍTULO 16		
076	CAPÍTULO 17		
079	CAPÍTULO 18		
083	CAPÍTULO 19		

Para todas as pessoas que acreditam que podem ter uma nova chance para amar. E para meu avô, que virou uma estrelinha cedo demais.

Eu não sei bem
Como dizer
Como me sinto
Aquelas três palavras
São faladas demais
Elas não são o suficiente

Chasing Cars – Snow Patrol

Prólogo

Hazel

Dez anos antes...

Lembro-me como se fosse hoje da primeira vez que vi seu sorriso. Para mim, foi a coisa mais linda que já tinha assistido passar na frente dos meus olhos.

Aquele garoto novo da escola, que todos ficaram curiosos para conhecer e que ninguém conseguia negar que era lindo demais.

Não demorou muito para Dominic Carter ficar popular e também se tornar o queridinho entre todos.

Eu o observava à distância, pois nunca fui muito de querer olhares voltados para mim. A famosa garota que preferia ficar na sombra, observando todos, e tendo sua própria opinião sobre cada um.

Só que eu não sabia, por qual motivo, mesmo escondida de todos, ele me olhou e todas as vezes que trocávamos olhares, seu sorriso, aquele que eu ficava abismada ao ver, era direcionado na minha direção.

Será que Dominic era somente mais um garoto que queria praticar *bullying* com a menina esquisita do colégio ou será que realmente estava me testando?

Foi em um dia qualquer, quando tive de ir embora do colégio mais cedo, por estar com uma cólica infernal, que ouvi sua voz no corredor vazio.

— Está tudo bem?

Estaquei no lugar e olhei por cima do ombro para ver quem estava falando comigo, apesar de, no fundo, já saber muito bem quem era. Eu reconhecia aquela voz, já tinha escutado tanto pelos corredores que aprendi a identificá-la no meio da multidão.

Assim que vi Dominic parado me encarando, com sua mochila pendurada em um ombro e o casaco do time de futebol em outro, eu quase desmaiei ali mesmo. Talvez pudesse culpar a cólica, mas talvez, fosse só uma jovem que nunca tinha trocado meia dúzia de palavras com um garoto e agora estava ali, com toda a atenção do quaterback — o garoto mais gato da escola, popular e maravilhoso —, voltada para ela.

— Oi! — Fiz uma pausa, mas logo respondi sua pergunta: — Estou um pouco mal.

— Vai embora? — Ele levantou uma de suas sobrancelhas, o que deixou seus olhos claros ainda mais em evidência.

— Estou passando mal, então...

Dei de ombros e ele mordeu o lábio... Sexy, para um caralho!

Para uma garota de dezessete anos que nunca havia beijado, eu estava parecendo bem saidinha.

— Quer uma carona?

Meu coração tropeçou nas batidas, mas eu não demorei nem um segundo a responder, afinal se nosso destino estava se cruzando era para algo bom.

— Quero.

E foi assim que nossa história começou.

PARTE 1
Antes de tudo

Capítulo 1

Dominic

Vinha de uma família de advogados renomados e eles sempre deixavam claro que queriam que o filho deles fosse o melhor em tudo, nesse caso, seria eu.

Filho único, o cara que devia ser perfeito, sem nenhuma nota baixa, o melhor da turma, o queridinho da família. O típico americano que se via passando nesses filmes ridículos de colegial e eu não podia negar que estava fazendo um ótimo papel em ser tudo o que queriam.

No entanto, havia alguns meses que escondia um segredo dos meus pais, amigos e de todos ao meu redor. E esse segredo tinha nome, sobrenome, rosto e significado de perfeição.

Hazel Morris.

Eu a havia enxergado no meio da multidão do nosso colégio, mesmo que ela tentasse se esconder. Uma garota linda, que jogava o cabelo ondulado e cor de mel na frente do rosto para que as pessoas não vissem sua beleza.

Naquele dia em questão, estávamos no parque da cidade, escondidos em um local secreto que havíamos achado entre os muros de trepadeiras que ficavam espalhados pelo lugar.

Era perfeito para que ninguém nos visse juntos. Eu a adorava, ou talvez até mais que isso já que não conseguia tirar aquela garota dos meus pensamentos desde a primeira vez que lhe dei carona, só que ninguém poderia saber dela. Afinal, Hazel não seria a melhor opção de garota para andar ao meu lado, ao menos para meu pai.

Joshua Carter, mais conhecido como meu pai, abominava pessoas que ele não conhecia e mesmo que eu soubesse que a família de Hazel tinha dinheiro, não era o suficiente para o meu pai a considerar uma boa moça.

Sim, aquilo era ridículo, mas era a verdade.

— O que tanto passa na sua cabeça?

Sua indagação me tirou completamente dos meus devaneios. Havíamos saído da última aula e tínhamos nos encontrado ali há pouco menos de vinte minutos.

— Gosto de ficar ao seu lado, mesmo que não esteja dizendo nada.

Hazel me encarou por cima do ombro e seus olhos pareceram brilhar em minha direção.

— Você sempre parece dizer as palavras certas na hora certa.

Seus olhos verdes continuaram me encarando e eu percebi o momento exato em que ela levou seus dentes ao lábio inferior e o mordeu. Aquilo me fez soltar um suspiro e sem resistir levei minha mão à sua nuca, entrelaçando meus dedos em seu cabelo e trazendo aquela menina para mais perto de mim.

Hazel jogou sua perna por cima do meu corpo e sua boca pairou sobre a minha.

— Ainda não sei o que estamos fazendo, Dominic — sussurrou.

— Nem, eu. Só sei que quero continuar beijando você e sentindo seu gosto cada vez mais.

Puxei sua cabeça e logo sua boca estava grudada na minha. Seus lábios aveludados estavam nos meus e talvez eu pudesse me considerar um puta sortudo só por ter essa garota qui, comigo, nesse momento.

Afinal, parecia que todos os momentos que passava com Hazel, minha vida melhorava, eu me sentia melhor e talvez fosse o homem mais sortudo do mundo.

A mão que estava em sua nuca, aprofundou a pegada em seu cabelo e a livre começou a passar por seu corpo. Cada curva de Hazel parecia perfeita demais para mim, já que me considerava um filho da puta sortudo, por ter conseguido que uma garota tão maravilhosa como essa me desse atenção.

Sim, eu até não podia assumir em palavras, mas era quase como um cachorrinho para Hazel. Se pudesse, ficaria rastejando atrás dela como um.

Parei minha mão em sua bunda e apertei com força. Hazel gemeu em meus lábios e senti meu pau dar sinal de vida com aquele som maravilhoso.

Minha língua encontrou a sua e nosso beijo aumentou a intensidade de uma forma que, em todos os meses que estávamos trocando carícias escondidos, nunca tinha chegado a esse nível de tesão que estava começando a sentir.

Hazel estava de saia e quando ela levou sua mão até a minha e fez com que meus dedos tocassem a pele de sua coxa e subissem pela barra até que ela estivesse com a bunda completamente descoberta, quase perdi meu controle.

Nosso beijo continuou de forma alucinada e ela começou a esfregar sua intimidade na minha, no entanto, para não cometer nenhuma loucura, já que ainda erámos dois jovens inconsequentes com dezessete anos, tirei minha mão da sua bunda, não antes de apertar sua carne e afastei seu corpo do meu.

— Por que parou? — Foi o questionamento de Hazel, assim que a fiz sentar ao meu lado.

A saia ainda estava levantada, mas evitei olhar.

— Não quero forçar você a nada, sei que é virgem e não quero ter uma responsabilidade desse tamanho, Hazel. Depois se você estiver fazendo isso só para me agradar, vou me sentir mal para sempre. Além do mais, não acho que aqui seja o melhor lugar para isso.

Ela parecia envergonhada, por isso, levei meu braço por cima do seu ombro, trouxe seu corpo para perto do meu e fiz com que encostasse sua cabeça em meu ombro.

— Tudo tem sua hora — anunciei.

— Eu só queria saber a sensação.

Percebi que sua voz estava fraca e fui obrigado a encará-la e quando vi que Hazel me evitava, levei minha mão ao seu queixo e levantei seu rosto.

— Que sensação?

— Deixa para lá.

Passei minha língua por meu lábio e voltei a perguntar:

— Que sensação, meu doce?

Sempre que a chamava daquele jeito, ela se derretia toda, então eu sabia que logo ela responderia a minha pergunta.

E não demorou muito para que ela me deixasse completamente descontrolado e pronto para realizar seus desejos.

— Eu nunca tive um orgasmo e há alguns dias eu assisti até filme pornô escondido dos meus pais e me toquei pensando em você, Dominic. E quando comecei a sentir uma sensação completamente nova, não consegui ir até o final, com medo, porque eu decidi ter o meu primeiro orgasmo com você, por isso, eu queria que me proporcionasse isso. Não estou pedindo que tire minha virgindade, mas você pode me dar um orgasmo?

Engoli em seco com sua pergunta e ao focar em seus olhos, que pareciam tão cheios de fogo, mas com a expressão do seu rosto que sempre estava tão inocente, eu soube que poderia dar tudo que aquela menina quisesse.

— Claro que vou dar, Hazel.

E naquele dia, no parque, escondido atrás das paredes de trepadeiras, eu chupei Hazel Morris pela primeira vez e o seu sabor... Ah! Era completamente incrível.

Capítulo 2

Hazel

A sensação do primeiro orgasmo que tive na vida foi como se estivesse flutuando em meio às nuvens, mesmo que eu nunca tivesse flutuado daquela maneira.

Mesmo que já tivesse passado alguns dias e o final de semana já tivesse chegado, ainda sentia aquele formigamento gostoso me tomar por inteiro. E quando comecei a me lembrar de como Dominic me deitou sobre a grama do parque, abriu minhas pernas de forma bruta e rasgou minha calcinha... Nossa!

Sim! Meu Deus! Mesmo que fosse um pecado me lembrare de Deus naquele momento. Ele rasgou a calcinha cheia de corações que eu usava naquele dia — o que deveria ser uma vergonha —, mas quem ligava, não era mesmo?

E sua língua...

E assim que senti a lubrificação da minha vagina molhar a calcinha que usava nesse momento, minha mãe bateu à porta do meu quarto.

— Querida, tudo bem?

Queria gritar que não estava nada bem, que ela estava atrapalhando minhas lembranças, mas diferente do que meus pensamentos falavam, eu só respondi:

— Claro, mamãe! Estou terminando o dever de casa, por quê?

Ela entrou no quarto e logo apareceu, com seu sorriso doce, para fazer com que toda a minha fúria sumisse.
— Essa noite seu pai e eu vamos no jantar dos Jackson. Você quer ir?
Revirei os olhos, pois ela sabia bem qual era a minha resposta.
— Prefiro ficar em casa, lendo algo ou assistindo alguma série.
— Eu fico preocupada de você ficar sozinha, Hazel.
Minha mãe sempre quis que eu tivesse amigos, mas, na verdade, eu amava minha solidão, já que sabia o quanto as pessoas poderiam ser ruins quando queriam.
Nunca me esqueço dos pequenos *bullyings* que sofri quando era mais nova e, por isso mesmo, decidi que era melhor não ter ninguém ao meu lado.
— Tem certeza?
— Mamãe, não insiste. Não gosto de sair, a senhora sabe. Deixe que eu fique aqui.
Dona Lucinda parou ao meu lado e apoiou a mão no meu ombro, sorriu docemente e sussurrou:
— Tudo bem! Mas eu sei que você tem um amigo e que vocês se encontram às vezes. Se quiser chamá-lo para assistir alguma coisa, não me importo. Ok?
Senti minhas bochechas esquentarem no mesmo momento.
— Mamãe — reclamei.
— Eu já fui jovem, querida. E, por favor, caso aconteça aquela coisa sobre a qual já conversamos, cuide-se.
— Vai para o seu jantar.
Ela soltou uma gargalhada e eu não achei graça nenhuma. Mamãe não sabia de nada, eu nem tinha comentado que havia recebido um orgasmo, como poderia estar me dizendo algo daquela maneira?
Quando ela saiu do quarto, respirei fundo e agradeci por não ter de passar por aquele momento constrangedor novamente.
No entanto, assim que ouvi o carro saindo pela garagem, meus dedos formigarem e talvez minha mãe tivesse colocado aquela sementinha na minha mente.
Eu nunca tinha chamado Dominic para vir à minha casa, mas nessa noite, sozinha... Eu queria mais um orgasmo.

Hazel: Oi! Está ocupado?

Dominic: Oi, meu doce! Por incrível que pareça estava com os pensamentos em você.

Abri um sorriso gigantesco. Dominic tinha uma ótima lábia e sempre sabia dizer as coisas certas mesmo. Não sabia dizer se ele sempre era verdadeiro, mas aquele garoto me passava tanta confiança que nos quatro meses que estávamos juntos eu já confiava plenamente nele.

Hazel: Quer vir aqui para casa, assistir um filme?
Dominic: Seus pais não vão achar ruim?
Hazel: Eles saíram.
Dominic: Hazel, acho que não posso ficar no mesmo lugar que você. Ainda mais entre quatro paredes.
Hazel: Por que não?
Dominic: Sou homem e você lembra como fiquei no parque?
Hazel: Eu posso ajudar você dessa vez.

Eu lembro muito bem como Dominic tinha ficado. Ele estava completamente duro, mas não havia deixado nem que o tocasse, pois disse que iria perder o controle se me sentisse ao seu lado.

Hazel: Vem logo!
Dominic: Ok, meu doce!

Assim que ele concordou, levantei-me da cadeira em que estava e corri para o banheiro. Precisava de um banho e logo que estava cheirosa para recebê-lo, procurei por meu melhor vestido no armário.
Era vermelho, rodado e tomei uma decisão inusitada.
Afinal, estava assistindo filmes pornôs e estava me tornando uma pessoa expert em seduzir um homem. Eu não vestiria uma calcinha naquela noite.
Não sabia aonde iria parar, mas pelo jeito, estava me apaixonando por Dominic e todas as primeiras vezes da minha vida eu queria ter com ele, inclusive quando tivesse alguém dentro de mim, eu queria que ele fosse o primeiro.
O meu primeiro amor seria o meu primeiro em tudo.

Capítulo 3

Dominic

Desci as escadas da minha casa, mas assim que pisei na sala de estar, percebi que estávamos com visitas.
Eu sabia muito bem quem era. Nicole Hampton e sua família. Aquela era uma das garotas populares da escola e que meu pai fazia questão que eu tivesse um envolvimento.
— Filho, ainda bem que desceu. Estávamos falando para os pais de Nicole que você iria mostrar a propriedade para ela.
A garota sorriu para mim de forma diabólica e eu quis vomitar no mesmo momento.
— Pai, eu meio que tenho um compromisso.
— Esse compromisso pode ficar para outro dia — Joshua, disse de forma calma, mas só quem o conhecia tão bem quanto eu ou minha mãe sabia que aquilo era só uma fachada.
Se eu não fizesse o que ele ordenou, depois que as visitas fossem embora tudo poderia piorar e talvez eu até pudesse sofrer algumas consequências. Talvez ser espancado, como há um ano, quando fui parar no hospital e tive de dizer que foi um acidente de carro.
Aquela era a família com a qual eu vivia e não podia dizer uma palavra a ninguém. Nem à garota que me esperava em sua casa, pois não queria estragar a vida perfeita que ela sonhava. Eu sabia muito bem que Hazel acreditava em conto de fadas, príncipes e a caralhada de cavalo branco e tudo mais. No

entanto, para quem já sofria com a vida há algum tempo, eu sabia que aquela merda de fantasia não existia.
— Vamos, Nicole.
Chamei a garota, que veio requebrando em minha direção e eu quase revirei os olhos. Ela enganchou seu braço no meu e seu perfume doce demais, que chegava a ser enjoativo, me tomou.
Saímos para o jardim e eu comecei a andar com ela pelo lugar.
— Não sei o que tem para ver aqui.
— Acho que seu pai só queria que passássemos um tempo juntos, Dominic.
Sem perder tempo, pois eu realmente não queria demorar naquela merda, perguntei:
— O que você quer?
— O óbvio, a coroa do baile e você ao meu lado.
Nesse momento, foi impossível não revirar os olhos.
— Nicole, eu não quero isso.
— Mas o seu pai já prometeu ao meu, Dominic.
Tirei o seu braço do meu e caminhei para o centro do jardim. Eu deveria ter previsto que era uma cilada, mas não, caí direitinho no que Nicole queria. Ela caminhou até onde eu estava e parou na minha frente.
— Eu tenho escolhas próprias e não vou ser a merda de rei de baile algum — murmurei.
— Você sabe que quando nascemos em famílias como a nossa, Dominic, nunca teremos escolha de nada. Eles que mandam.
E naquele momento ela levou a mão para o meio das minhas pernas e apertou o meu membro.
— O que está fazendo?
— Eu vou agradar você da forma que quiser. E, para que fique sabendo, eu sei que anda se encontrando com a nerd da Hazel, então para que não aconteça nenhuma humilhação com aquela ridícula, acho melhor você dar um jeito de mandá-la se lascar.
Engoli em seco com suas palavras.
— Você não ouse fazer nada com ela.
Ela voltou a apertar meu pau, mas, na verdade, estava me acariciando.

— Acha mesmo que perderia meu tempo com ela? Eu só contaria ao seu pai o que está acontecendo e aí veríamos o quanto esse relacionamento de merda, que você tentou esconder de todos, duraria.
— Você...
— Sou maravilhosa. Agora pode ir, vou falar para o seu pai que fiquei muito satisfeita com a apresentação da propriedade.

Ela me jogou um beijo no ar e eu fiquei estático, enquanto Nicole caminhava como se tivesse ganhado o jogo.

Não podia deixar minha vida acabar dessa maneira. Eu era um cara que tinha escolhas próprias, ninguém mandava em mim. No entanto, sem pensar em muita coisa, só peguei meu carro e parti para a casa de Hazel.

Eu precisava dela e depois pensaria no que faria.

Estacionei na esquina de sua casa, pois caso seus pais chegassem, eu não queria ser pego no flagra. Logo caminhei até a porta da sua casa e toquei a campainha.

Não demorou muito para que ela aparecesse e, assim que abriu a porta, eu soube que queria me matar só pela forma como estava vestida.

— Uau!
— Você demorou.

Foi o que disse e vi a decepção em seu rosto.

Fechei meus olhos e soltei um longo suspiro.

— Desculpe, meu pai meio que me atrasou, mas agora estou aqui.

Ela sorriu de lado e pegou minha mão me puxando para dentro. Sua casa era maravilhosa. Havia fotos dela com seus pais por todos os lados, o que achei incrível. Diferente da minha, que parecia mais uma funerária do que uma casa de família.

— Sua casa é incrível!
— Obrigada!

Voltei em sua direção e lhe dei um selinho rapidamente.

— E você é perfeita.
— Está querendo me comprar por ter chegado uma hora atrasado?
— Não, só estou falando a verdade, meu doce.

Hazel sorriu e as covinhas de suas bochechas apareceram.

— Vamos assistir ao filme.

— Claro! Na sala? — Apontei em direção ao lugar que pensei que seria.
— No meu quarto.
Sorri de lado para ela, esquecendo toda a merda que aconteceu na minha casa e disse:
— Você, pelo jeito, pensou em tudo.
— Claro que pensei.
E quando ela pegou minha mão e me levou para o andar de cima, eu meio que soube que naquela noite Hazel Morris seria minha...
Toda minha, como estava querendo desde quando percebi que já a amava perdidamente.
Minha Hazel... Meu doce.

Capítulo 4

Hazel

Deitamos sobre a minha cama, com a televisão ligada no canal de *streaming*, mas sem me importar em escolher o filme certo para assistirmos, pois não queria mesmo escolher nada.

A única coisa que queria ver era o corpo de Dominic, sem qualquer resquício de roupa. Não sei quando me tornei tão possessa por sexo, mas imaginava que chegava uma época da vida que queríamos muito provar coisas novas e eu estava assim nesse momento.

Queria realmente fazer sexo com Dominic, com o cara que me ensinou a dar um beijo perfeito, o cara que me proporcionou meu primeiro orgasmo, que me ensinou a me sentir desejada e que fez com que eu me tocasse pela primeira vez pensando nele.

Passei meu pé pela panturrilha de Dominic e ele continuou acariciando meu cabelo. Meus toques dançavam sobre a sua camisa e eu podia sentir os músculos do seu peitoral sob os meus dedos.

Soltei um suspiro e ele indagou:

— O que foi, meu doce?

— Nunca pensei que estaríamos aqui, dessa maneira.

— Isso a incomoda?

Levantei meu olhar para focar no seu e sorri.

— Claro que não! Eu só estou gostando de estar assim.

Dominic sorriu para mim daquele jeito único, como se fosse arrancar minha roupa com aquele único olhar e murmurou:
— Então é somente isso que me importa.
Levantei-me e fiquei de joelhos, encarando Dominic. Ele estava usando uma camiseta preta de mangas curtas o que realçava seus músculos dos braços, principalmente o daquele que estava debaixo da sua cabeça.
Seus olhos azuis estavam me observando, esperando o que eu faria. Soltei um suspiro e tomei coragem de dizer:
— Você sabe o motivo de eu ter chamado você aqui, não sabe?
— Bem, acho que não foi para assistir ao filme.
Sorri para ele e tentei parecer sexy, no fundo só pedi aos céus que não estivesse parecendo uma idiota com cara de quem tinha acabado de soltar um pum.
— Eu quero perder minha virgindade com você, Dom.
Ele se ajeitou na cama e acabou se sentando, parando de frente para mim.
— Hazel, eu não sei...
Coloquei meu indicador sobre seus lábios para impedi-lo de continuar.
— Eu me apaixonei por você, Dominic. Talvez já tivesse uma queda gigantesca por você antes mesmo daquela carona, mas com o tempo, depois do nosso primeiro beijo trocado atrás daquela parede de trepadeiras, nunca mais o esqueci, eu quero que você seja meu primeiro em tudo.
Seus olhos sorriram para mim, antes mesmo de Dom sorrir de volta com seus lábios. Logo suas mãos estavam em meu rosto e sua boca a poucos centímetros da minha.
— Também não sei quando me apaixonei por você, meu doce. Mas estou louco por você, maluco por você e só penso em você. Por mim, eu só ficava ao seu lado, gritando para o mundo o quanto quero que você seja minha.
Dei um selinho em seus lábios e sussurrei:
— Se nós nos amamos, por qual motivo não podemos fazer sexo? Faça-me sua, por favor! — implorei.
— Tenho medo de machucar você.
Peguei uma de suas mãos que estava em meu rosto e desci pelo meu corpo, passando-a por um dos meus seios, descendo por minha barriga e chegando à barra do meu vestido.

Logo subi a mão de Dominic pelo meio das minhas coxas e fiz com que sentisse que eu estava sem calcinha e um pouco úmida só de estar com ele. Sem tirar minha mão da dele, comecei a passar seus dedos grossos pela minha vagina, fazendo que ela ficasse ainda mais molhada.
— Viu o quanto eu quero você? — gemi.
— Caralho, Hazel! Por que está sem calcinha?
— Porque eu quero você, Dominic. Dentro de mim, fazendo-me sua.
Continuei movimentando os dedos de Dom em minha vagina, mas não demorou muito para ele mesmo começar a fazer os movimentos e eu passara rebolar em sua mão.
E foi naquela noite, em meu quarto que Dominic me fez sua. Ele me penetrou com seu dedo e gritou que eu era apertada. Arrancou meu vestido e chupou meus seios deixando marcas roxas em minha pele.
Deitou-me com força na cama, chupou-me, arrancou sua roupa e me deu uma bela visão do seu corpo musculoso e de seu membro. Era... Uau! Sem palavras para expressar, eu podia relembrar diversas vezes, como grande, cheio de veias e perfeito para me foder.
E quando ele me chupou fazendo com que gozasse em sua boca, também gritei, desorientada de tanto prazer. Nunca pensei que perder a virgindade poderia ser tão mágico.
A única coisa que protestei foi quando ele me penetrou que eu o senti me rasgando, mas quando me acostumei não pude mais reclamar.
Foi mágico...
Perder minha virgindade...
Ver o suor escorrer pela testa de Dominic enquanto ele fazia amor comigo, a gota parou na ponta do seu nariz e caiu no vão entre meus seios e eu gozei, gritando que o amava.
E ele não demorou muito para se despejar por completo dentro de mim e retribuir o grito.
— Eu te amo, Hazel... Meu doce!
O sorriso perfeito que tinha em seus lábios, eu nunca esqueceria.
Aquela noite tinha sido a melhor da minha vida.
Assim que nos vestimos, Dom me abraçou e murmurou:
— Preciso ir agora, meu pai vai encher meu saco por ter deixado visitas em casa.

— Desculpa ter feito você sair.
— Nunca peça desculpas, você é a minha Hazel, então eu que sempre estarei errado.
Fiz uma careta para ele e beijei seus lábios.
— Se continuar me mimando assim, eu vou acreditar.
— Sempre vou mimá-la.
Dom beijou minha testa e antes de sair da minha casa, ele disse:
— Ei, eu te amo mesmo. E quero que você seja minha muitas vezes mais.
— Eu já sou sua.
— Toma um banho bem quente para evitar a dor.
— Pode deixar.
Dominic me deu uma piscadinha e eu lhe joguei um beijo no ar. Logo ele foi embora e eu voltei para meu quarto, sentindo um incômodo entre as pernas, mas nada tirava o sorriso do meu rosto.
Tirei o vestido e joguei no canto do meu quarto. Eu realmente precisava de um banho, estava toda suja da nossa noite insana.
Assim que pisei dentro do banheiro, o sorriso que pensei que não saía do meu rosto sumiu. Levei a mão à minha vagina e vi a evidência do que fizemos ainda saindo de dentro de mim.
Droga!
Havíamos feito sexo sem camisinha.

CAPÍTULO 5

Dominic

Se pudesse eu socaria metade daquela escola e principalmente Nicole Hampton, por simplesmente ter prometido algo e ter feito tudo completamente diferente.

Ela havia contado para meu pai sobre Hazel e a ordem era somente uma: deixe essa garota ou as consequências serão as piores.

Minha mãe nunca intervia em nada e eu não sabia de quem eu tinha mais raiva, se de Hayden ou Joshua. Que grande merda de família eu tinha.

Peguei meu celular, aproveitando que o treino estava no final e enviei uma mensagem para Hazel.

Dominic: Quando sua aula acabar, encontra comigo no vestiário do bloco D.
Hazel: Tudo bem!

Assim que o treino acabou, ao invés de ir tomar o banho de costume, fui para a área do colégio que ninguém quase seguia. Precisava conversar com Hazel.

Precisava contar a ela toda a merda que estava acontecendo. Estava decidido a desistir de tudo por ela, no entanto, assim que abri a porta do vestiário me acovardei, pois era isso que eu era.

Um grande covarde.

Lá estava ela, com suas covinhas, sorrindo para mim e me esperando com aquela expressão inocente. Eu não conseguiria falar nada, não conseguiria dizer um "a" sequer, ao menos não naquele momento.

Fechei a porta e tirei minha camisa de treino, travando-a com um nó na fechadura dupla impedindo qualquer pessoa de entrar. Caminhei até Hazel e, sem me importar se estava suado, eu a peguei em meu colo.

Só de lembrar a noite de sábado, como era apertada, como se entregou completamente a mim... Não tinha como não ficar maluco com ela.

— Estava querendo me ver para me dar uns amassos?
— Eu...

Não tive nem tempo de falar algo, pois Hazel grudou sua boca na minha, seus braços abraçaram meu pescoço e ela aprofundou nosso beijo.

Droga!

Eu não resistia àquela menina.

Coloquei-a no chão e Hazel mal esperou, ajoelhando-se e abaixando minha calça de treino sem que eu nem tivesse reação alguma.

— O que você está fazendo?
— O que estou morrendo de vontade de fazer já tem alguns dias.

Mal terminou de falar e começou a me chupar e eu só pude deixar que fizesse o que quisesse comigo, pois aquilo era bom demais. Segurei o rabo de cavalo que ela estava naquele dia e comecei a socar meu pau em sua boca.

Percebi quando ela levou seus dedos para dentro da calça que usava e começou a se masturbar. Aquilo era demais para mim. Tirei meu membro de sua boca com brusquidão.

Levantei Hazel rapidamente, abaixei sua calça, coloquei-a de bruços sobre o lavabo do vestiário e a penetrei com força. Hazel soltou um grito e eu fui obrigado a tapar sua boca com uma das minhas mãos.

Quase ninguém frequentava aquela área da escola, mas uma pessoa ou outra passava por ali e nós não podíamos fazer barulho.

Pelo espelho vi quando ela gozou e revirou os olhos para cima. Eu a fodi com mais força, sem muito carinho, como da primeira vez, pois estava com tanta raiva que queria descontar a frustração de ser um covarde naquela transa. Assim que gozei, mordi meu lábio para não gritar como Hazel tinha feito anteriormente.

Sorrimos um para o outro pelo espelho e eu murmurei:

— Eu amo você...

— Também amo você!

Foi a resposta dela.

Eu acreditava em tudo...

Uma pena que naquele dia, eu resolvi acabar tudo com ela, pois era um fraco.

Hazel

Eu estava no banco do carona do carro de Dominic, depois de ter transado no colégio.

Como eu estava me tornando uma péssima aluna!

Foi naquele momento que tive a péssima ideia de fazer uma pergunta a ele.

— Dom?

— Sim!

Ele estava meio monossilábico desde que entramos no carro e eu não sabia o motivo.

— Nós somos namorados?

Encarei-o de soslaio, pois estava com um pouco de vergonha de qual poderia ser a sua resposta. Afinal, nunca soube o que Dominic e eu éramos. Já que sempre nos encontrávamos escondido e eu sempre tinha que esperar quase todo mundo sumir do estacionamento da escola para entrar em seu carro, por isso, precisava saber o que realmente éramos.

— Não.

Sua resposta seca me deixou um pouco chateada e eu senti até mesmo uma fincada no meu peito.

— Mas você pretende ser meu namorado algum dia?

Afinal, nós nos amávamos e eu imaginava que quem se amava, acabava namorando em algum momento da vida. Tínhamos até feito sexo.

Dominic estacionou na esquina de casa, como ele sempre fazia, desligou o carro e se voltou para mim com uma expressão séria. Tão séria que eu até me assustei, já que nunca o havia visto daquela maneira, seus olhos azuis que sempre pareciam cheios de vida, estavam iguais ao mar em época de tempestade.

— Por que essas perguntas agora, Hazel?

— É só que sempre nos encontramos escondidos e eu queria...

— Você não tem de querer nada. Eu não quero aparecer na escola ao lado de uma nerd. Ou você esqueceu que eu sou um cara popular, imagina a minha reputação, se souberem que estou fodendo você?

Provavelmente se eu tivesse levado um soco bem no meio da cara e quebrado o nariz, teria doído menos do que aquelas palavras, ditas com uma entonação tão agressiva.

O que havia acontecido com Dominic?

— Dom... — sussurrei, mas minha voz falhou, pois percebi que já havia ficado embargada pelas lágrimas que estavam querendo cair.

— Você quis perder sua virgindade, eu não a obriguei, então não venha me exigir nada. Estamos ótimos assim, não comece a encher o saco.

Ele parecia outra pessoa completamente diferente.

— Quem é você?

— O cara que você sempre conheceu — constatou.

— O Dominic que sempre conheci não fala assim, ele diz me amar e...

— O que foi, Hazel? Quer trepar? Abre as pernas que eu fodo você, assim fica menos emotiva.

E foi impossível não deixar as lágrimas caírem.

— Com quem você acha que está falando? — gritei.

E naquele momento, eu quase vi os olhos do garoto que conheci, quase, mas eles sumiram de novo.

— Com uma mimada que acha que porque transamos e porque eu disse que a amo, coisa que digo para todas, agora eu tenho de assumi-la.

Doeu...

Ah! Como doeu!

— Adeus, Dominic!

— Se sair, não tem mais nada entre a gente.

Parei antes de abrir a maçaneta do carro, mas não por ainda o querer, sim, para lhe dizer minhas últimas palavras.

— Eu preferia que nunca tivesse acontecido nada.

Pisei na calçada e fui caminhando até minha casa desabando em lágrimas.

Bem que minha mãe sempre dizia para eu tomar cuidado com meu coração, pois o primeiro amor podia machucar. Eu não fiz isso e ainda entreguei todas as minhas primeiras vezes ao meu primeiro amor...

E naquele momento, percebi que foi somente o fracasso.

Dominic Carter foi o garoto que destruiu meu sonho para o conto de fadas.

Capítulo 6

Hazel

Abri a porta de casa, desesperada, sem conseguir parar de chorar. Minha mãe em questão de segundos apareceu e me abraçou, mesmo sem entender o que estava acontecendo.

Agradeci mentalmente por meu pai não estar em casa naquele momento, senão seria um caos para explicar o que estava acontecendo.

— Meu amor, o que foi?

Eu não conseguia parar de chorar, acho que tinha entrado em um estado de pânico. Talvez tenha sido um choque grande demais ouvir todas as palavras que ele me disse.

Eu confiei tanto nele.

Ele parecia tão leal.

O cara por quem me apaixonei.

Sabia que para muitas pessoas essa crise que estava tendo, não passava de uma frescura simples, mas não para mim, que confiei com tudo o que possuía, com todo o amor que eu tinha dentro de mim.

O que eu tinha feito para aquele garoto, para ele me enganar?

— Mamãe... — consegui sussurrar.

— Sim, meu amor!

— Eu não quero mais voltar para aquela escola.

Foi a única coisa que disse e ela continuou me acalentando, enquanto eu tentava me acalmar.

Nem percebi que ela havia me levado para minha cama e quando as lágrimas haviam cessado e eu até tomava um chá, contei tudo o que havia acontecido para minha mãe e ela entendeu os meus motivos.

E prometeu pensar se me mudaria de colégio, pois já estávamos quase no final do ano letivo.

E por sorte, por ser uma ótima aluna, os professores concordaram em mandar minhas matérias para que eu fizesse em casa, pois não precisaria de muito para que eu finalizasse minhas notas, já estava realmente no final do ano.

Somente nos dias das provas que eu precisaria comparecer à escola. E foi meu martírio, ter de ver Dominic por uma semana. Ele passava ao meu lado com sua cabeça erguida, como se ele não tivesse pisoteado meu coração.

No entanto, para piorar toda a situação ele estava com Nicole Hampton. Para quem não quis me assumir, ele se saia muito bem desfilando com uma popular. Pois foi exatamente por isso, que ele não quis me namorar.

Por eu ser uma nerd que o envergonharia na frente da escola.

Fechei meu armário no último dia de prova e olhei uma última vez para esse colégio. Eu não voltaria aqui, nem mesmo para minha formatura, considerava desnecessário.

Já havia me inscrito em diversas faculdades e esperava que as mais distantes daqui me aceitassem. Não queria me lembrar de mais nada.

Comecei a caminhar pelo corredor que levava à porta de saída, quando um enjoo me tomou, mas por sorte consegui me segurar até chegar ao carro da minha mãe.

— Como foi o último dia, querida?

— Péssimo, mas agora posso dizer adeus.

Olhei pelo vidro do carro e Dominic me encarava como se tentasse me dizer alguma coisa, mas eu só virei meu rosto para não ver mais aquele idiota na minha frente.

E novamente senti o embrulho tomar meu estômago.

— Você está meio pálida.

— Deve ser o sentimento ruim de estar aqui ainda.

Mamãe arrancou com o carro, mas quanto mais os segundos passavam, mais o meu estômago anunciava que ele não estava bem.

— Mãe, encosta.

Ela não questionou, só fez o que pedi. Assim que o fez, abri a porta do carro e joguei todo o café da manhã para fora.
— Filha, você só pode ter pegado algum tipo de virose.
Limpei minha boca com um lenço umedecido que ela havia me entregado, mas não sei por qual motivo eu não acreditava em virose àquela altura do campeonato.
A minha vida já tinha dado uma volta na montanha-russa, ela poderia dar uma maior ainda. Principalmente por ter confiado demais em um homem que não devia.
— Mãe, quero ir a um hospital. Agora.
Olhei para ela por cima do meu ombro e acho que ela entendeu meu pesar.
— Querida, não me diz que você...
— Mamãe, fui descuidada, não agi certo e as duas vezes que fiz sexo foi sem camisinha.
— Ah, meu Deus!
Ela levou as mãos ao rosto e começou a chorar.
— Não me deixa mais nervosa, mamãe — pedi, tentando segurar as lágrimas.
— Seu pai vai querer matar você, meu amor.
— Espero que não. Ainda mais que se eu estiver grávida, eu não vou contar para aquele idiota.
Minha mãe tirou as mãos do rosto e me encarou com os olhos ainda marejados.
— Filha, isso não é certo.
— Eu sei, mas o que ele fez comigo, também não foi.
— Bem... Vamos ao hospital.
Eu só esperava que desse negativo, ainda não estava preparada para ser mãe.
Porém, depois de alguns exames... Todo meu medo se transformou em realidade.
Eu seria mãe de um bebê de Dominic e ele nunca saberia.
Aquele homem era uma página virada em minha vida. A minha única lembrança dele seria meu bebê, ou minha bebê, que mesmo sem saber como cuidar, eu daria amor com todo o meu coração.
Eu seria a melhor mãe para aquele brotinho... Não o rejeitaria como fui rejeitada.

PARTE 2
Depois de tudo

Capítulo 7

Dominic

10 anos depois...

Meu escritório tinha uma linda vista para uma das belas praias de Miami, no entanto, já havia algum tempo, ou melhor, alguns anos que eu nem sabia o que era pisar na areia.

Eram sempre muitos compromissos, muitas reuniões, muitos casos para defender, muitas empresas para que eu não deixasse falir e agora a mais nova causa. Uma junção com a qual eu não estava nem um pouco de acordo, mas que os acionistas insistiam em fazer, senão deixaríamos de ser o maior escritório de advocacia do estado.

Eu nem sabia quem era dono da HZ Advogados, mas sabia muito bem que estava ganhando fama e que diversos clientes tinham preferido nos deixar, escolhendo aquele escritório.

E, para piorar, agora nossos escritórios corriam perigo, pois os infelizes de Nova Iorque — Evans & Williams Advogados — resolveram se instalar em Miami. Eles não cansavam de ser um monopólio, ainda queriam tomar outras cidades dos Estados Unidos.

Fechei minhas mãos em punho, já que queria socar algo. Odiava quando as coisas saíam do meu controle e já havia algum tempo que eu não perdia o controle da minha vida.

Já que com vinte e sete anos eu havia tomado o comando do escritório de advogados da minha família, porque meus pais há três anos morreram em um acidente e eu me tornei o acionista direto da empresa.

O herdeiro perfeito que Joshua sempre quis, Hayden ainda fazia falta na minha vida, mesmo sendo uma mãe relapsa era a única que eu tinha e às vezes perder as pessoas de forma tão abrupta faz com que percebamos o quanto as amamos.

E só eu sabia como era difícil perder pessoas de forma abrupta.

Engoli em seco com aquele pensamento, balancei minha cabeça e me afastei da janela.

Era melhor voltar ao trabalho e tentar esquecer todas as merdas da vida.

Já tinha problemas suficientes no presente, para trazer os do passado de volta. No entanto, assim que me sentei Jason me mandou uma mensagem.

Eu o havia conhecido na faculdade e desde então nos tornamos muito amigos. Já que todas as pessoas que rondavammeu passado eu afastei, quando fui para a universidade.

Jason: Cara, diz que você terá um tempo para vir à minha festa de aniversário?
Dominic: Eu bem queria dizer não, mas irei, já que é seu aniversário.
Jason: Eu preciso apresentar você à minha garota, então entenderá o motivo de eu estar babando por ela.
Dominic: Não começa com essa melação.
Jason: Invejoso.

Sorri do meu amigo, que parecia estar realmente apaixonado por Cameron, uma advogada que ele havia conhecido em um caso e que depois de brigarem muito um contra o outro, acabaram na cama e, por fim, estavam namorando.

Dominic: Eu corro dessas coisas pegajosas.
Jason: Vou pegar muito no seu pé quando conhecer alguém que fará você rastejar no chão.
Dominic: Vai sonhando.
Jason: Então, vou confirmar a sua presença. Ah! Cameron tem uma amiga, bem gata, vou ver se ela vai à festa, quem sabe vocês não se pegam.

Revirei meus olhos.

Dominic: Acho melhor você ir trabalhar no seu caso, já que o julgamento é amanhã.

Meu amigo parou de responder, mas não demorou muito para aparecer à porta da minha sala. Sim, nós conversávamos por mensagem, como se estivéssemos muito longe, mas estávamos somente a uma parede de distância.
— Deixa de ser careta, Dom — resmungou.
— Eu acho que você sabe dos meus motivos, ou terei de fazer com que relembre.
Jason revirou os olhos e depois de um longo suspiro comentou:
— Cara, são dez anos. Já está na hora de passar uma borracha nisso aí.
— Jason, vai trabalhar.
— Chato! Isso que você é.
Não o respondi e esperei que saísse da minha sala para só depois depositar minha cabeça sobre minhas mãos.
Eu não a havia esquecido naqueles dez anos e acho que nunca esqueceria. Provavelmente a imagem de suas lágrimas escorrendo por seu rosto não sairiam da minha mente nem mesmo quando eu estivesse no fim da minha vida.
Não teve um dia que se passou desde que falei tanta escrotidão para Hazel, que não me lembrasse dela. Tive meus motivos, mas, mesmo assim, nunca me perdoaria por ter feito com que chorasse, por ter feito com que sumisse da escola no final das aulas, por ter visto o quanto estava acabada na semana de provas.
Eu havia destruído a parte sorridente de Hazel Morris e não me orgulhava daquilo, nunca me perdoaria e talvez fosse por aquilo que nunca mais tivesse conseguido me aproximar de mulher alguma.
Destruí a mulher que amava... A mulher que não via há anos e que provavelmente nunca mais veria.
E com aquilo me destruí para o mundo.
Novamente percebi que estava pensando demais no passado e decidi voltar ao trabalho, já que não estava na hora de remoer o que já estava feito.

Não era bom ficar recordando aquilo, sempre ficava mal e descontando em algum funcionário. As pessoas até tinham medo de mim, o que fazia com que eu me odiasse ainda mais.

Já que quanto mais eu tentava não parecer meu pai, mais igual a ele eu ficava.

Joshua, mesmo depois de morto, ainda perturbava minha vida.

Uma grande merda de vida que eu tinha... Isso, sim.

Dominic Carter, o cara mais popular do colegial, melhor aluno da faculdade, acabou sua vida adulta como um imbecil pelas decisões erradas da juventude.

E no fundo, eu merecia tudo aquilo.

Tudo por ter destruído os sonhos da mulher que eu nunca consegui esquecer.

Capítulo 8

Hazel

Senti a respiração bater sobre meu rosto e sabia muito bem quem estava ali. No entanto, fingiria que estava dormindo só para ver sua reação, ou o que faria até que abrisse meus olhos.

A primeira coisa que fez, foi passar um de seus dedos por meu rosto, depois apertou o meu nariz e continuei fingindo que estava dormindo.

Porém, Haven nunca foi uma criança com muita calma e logo disse:

— Mamãe, hoje é domingo, eu quero brincar.

Abri um sorriso e logo meus olhos encontraram os seus. Tão azuis, tão iguais aos dele. Ela era sua cópia, mas era meu mundo, então poderia ser igual ao homem que nunca mais mencionei o nome, porém aquela garota era minha vida.

— Acho que antes de brincarmos, temos de tomar café da manhã.

Haven abriu um sorriso enorme e fofo, já que ao menos as covinhas haviam puxado de mim, e murmurou:

— Podíamos comer na praia, *né*?

— Hoje não iremos à praia, já que combinamos que vamos ficar em casa, para descansarmos do passeio de ontem.

Tínhamos andado por Miami inteira no dia anterior e eu nem sabia a quem aquela menina havia puxado, afinal eu preferia tanto ficar em casa, criando raízes com minha bunda no sofá.

— Acho que vou chamar a vovó para vir para cá, já que estou de férias e a senhora quer que eu fique em casa.

Haven fez um biquinho e eu fui obrigada a começar a fazer cócegas em suas costelas.

— Você é muito malvada, mocinha! Passeamos ontem e a senhorita já está me ameaçando?

— Quero passear todos os dias, estou de férias e minhas notas foram maravilhosas. Eu mereço passeios.

Entre uma gargalhada e outra, Haven tentou mostrar seus pontos. E eu tive de concordar com ela, já que minha filha podia não ser parecida comigo, mas era uma ótima aluna.

Parei de fazer cócegas nela e murmurei:

— Prometo que ficarei menos no escritório nas suas férias e que até viajaremos para a fazenda onde seus avós estão morando.

— Oba!

Meu brotinho levantou os braços e eu a abracei, beijando sua bochecha.

Ela retribuiu meu beijo, mas como era uma pessoa super inquieta que adorava conversar, acabou voltando a dizer:

— Só que eu estava falando sério de chamar a vovó. Deixe que ela venha para cá. Ela ama me levar na praia.

Eu sabia muito bem que minha mãe amava vir para Miami, afinal morou sua vida quase toda na cidade e só depois de envelhecer mais um pouco que resolveu se mudar para a fazenda com meu pai, que até hoje não trocava meia dúzia de palavras comigo.

Desde que contei a ele que havia engravidado, Martin decidiu que não seria mais meu pai e mesmo adorando Haven, ele nunca mais falou comigo como antes.

No máximo era um "olá" e só, nunca nem me elogiou por eu ter me tornado uma advogada de sucesso, por ter montado sozinha um escritório e também por estar quase fechando uma parceria com outro para nos tornarmos o maior escritório de advogados do estado.

Eu virei a vergonha para meu pai e não o culpava, já que para ele, sempre fui sua filha perfeita e do dia para a noite surgi com meu brotinho Haven, porque não a abandonei e decidi me tornar uma mãe solteira.

Claro que no período da gestação, eu me mudei de cidade. Ou melhor... Fui para a fazenda. Tive Haven e com a ajuda da minha mãe e do meu pai, mesmo que ele não conversasse mais comigo, consegui cursar a faculdade e ser uma mãe ao mesmo tempo.

Foram anos difíceis, mas agora tudo estava perfeito. Eu tinha uma casa maravilhosa, minha filha morava comigo e nunca se sentiu excluída em nada, só quando eu não a levava para passear com a constância que ela queria.

Que no caso, seriam todos os dias se eu deixasse.

Por fim, resolvemos nos levantar da cama e eu deixei que Haven ligasse para minha mãe e a chamasse para vir passar alguns dias em nossa casa. Sabia que mamãe não recusaria, já que ela amava viajar. Meu pai por outro lado, não viria de forma alguma.

Enquanto Haven estava ao telefone com a avó, comecei a preparar nosso café da manhã e meu celular tocou. No mesmo momento eu já sabia quem seria.

Fui até o aparelho e sorri ao ver que era exatamente quem pensei.

— Olá, raio de sol!

— Hazel Morris, foi mordida por algum bicho venenoso ou algo do tipo? — Cameron, brincou do outro lado da linha.

— Olá, vaca! Melhorou?

— Nossa! Agora, sim, parece a minha amiga.

Eu pensei que nunca confiaria em uma pessoa para chamar de amiga, mas percebi que só precisava conhecer a pessoa certa para confiar e ter um ombro para chorar quando precisava.

E aquela pessoa meio que caiu em cima de mim — literalmente — na faculdade e desde então, nós nos tornamos as *melhores*, como Cam sempre dizia.

— A que devo a honra de uma ligação sua em um domingo, senhorita? — perguntei, enquanto passava pasta de amendoim em algumas torradas.

— Você sabe que no próximo final de semana é o aniversário do Jason, certo?

Revirei os olhos, já que Cameron estava completamente melosa com seu novo amor. Queria só ver quanto tempo duraria aquele relacionamento, já que seu último namoro não apssou dos seis meses e aquele já estava com três.

— Sei, já que você está falando desse assunto há algumas semanas.

— Bem, Jason me mandou uma mensagem hoje dizendo que se caso você quiser ir, sua presença está mais do que confirmada.

Sorri de lado, mas neguei antes mesmo de responder:

— Muito obrigada por esse convite irresistível, só que estou bem.

— Seu sarcasmo sempre foi algo que invejei. Quando vai tirar as teias de aranha dessa sua amiguinha?

Naquele momento, Haven entrou na cozinha e tinha um sorriso gigante no rosto, o que indicava que provavelmente minha mãe já estaria arrumando até as malas.

— Amiga, eu prefiro mil vezes a minha casa e você sabe, então, por favor!

— É a tia Cam? — Haven questionou e eu assenti. — Deixe-me falar com ela.

Passei o celular para ela que logo começou a fofocar com sua tia, como se realmente fosse uma adulta.

— Aposto que ela disse não. — Haven colocou a mão na cintura e me encarou com os olhos semicerrados.

Fez uma pausa e logo começou a conversar de forma fofa, como se não fosse uma pestinha.

— Pode deixar, tia Cam. Minha vovó vai chegar essa semana. Vamos convencê-la a ir à festa.

Minha filha abriu mais um sorriso que me mostrou que eu perderia a batalha de ficar enfurnada dentro da minha casa.

Eu estava lascada com a filha, mãe e amiga que tinha.

Só queria paz e não aparecer em nenhum lugar remoto que pudesse fazer com que eu visse pessoas do meu passado.

Não sabia do paradeiro de ninguém da minha adolescência, mas não era nenhuma idiota para acreditar que todos haviam se mudado de Miami.

Que Deus me ajudasse, pois eu precisaria!

Capítulo 9

Dominic

Não podia negar que Jason sabia dar uma festa. As pessoas pareciam realmente se divertir e talvez eu as invejasse e provavelmente por esse motivo estivesse com o humor péssimo. Porém, tentava não demonstrar, já que não queria estragar a festa do meu amigo.

Algumas mulheres passavam por mim e até me direcionavam um sorriso, mas, na verdade, o que mais queria era estar na minha casa, descansando. Isso porque nesse dia havia tido uma audiência, que havia acabado bem, mas que tinha me desgastado demais.

— Muito obrigado pela garrafa de uísque que deve valer mais do que meu carro.

Sorri para Jason, assim que ele parou ao meu lado.

— Eu sei que você gosta de uma boa bebida. Não me importo de gastar uns poucos dólares a mais para presenteá-lo.

— Você está sendo gentil, Dominic? — Jason fez uma expressão chocada para mim e disfarçadamente eu lhe apontei o dedo do meio. — Ah! Que bom que fez isso! Senão pensaria que algo muito sério teria acontecido, já que gentil e Dominic não são coisas que andam juntas.

— Eu posso tomar sua garrafa de uísque, se isso for fazê-lo se sentir melhor — caçoei.

Meu amigo arregalou os olhos.

— Você realmente é um monstro.

Soltei uma gargalhada, já que era impossível ficar sério perto de Jason, mas acabei me lembrando de algo e lhe perguntei:
— Cadê sua namorada, que você disse que me apresentaria?
— Está lá fora, esperando a amiga.
Tomei um gole do próprio uísque que estava sendo servido na festa e voltei a observar o ambiente. Mulheres bonitas, homens elegantes — que não me importavam —, o som alto me incomodava e as luzes que perambulavam pelo lugar machucavam meus olhos. Só que eu parecia mais um velho do que um homem de vinte e sete anos que não conseguia aproveitar uma festa.
— Não vou ficar muito tempo — anunciei.
Jason me encarou de soslaio e resmungou:
— Claro! Você é como um bicho do mato que só pensa em se isolar dentro de casa, nem sei como apareceu aqui e está há mais de dez minutos no mesmo lugar sem reclamar de algo.
— Ainda bem que não consegue ouvir meus pensamentos.
Sorri e tomei mais um gole do meu uísque.
— Você é um porre, Dominic.
— Jason, não enche. Você sabia do meu jeito meio contrário às festas e mesmo assim todos os anos você me convida para seu aniversário.
Jason se virou de frente para mim e sua expressão amigável havia mudado, ele bufou e disse:
— Mas tem diferença, esse ano tem Cameron e eu quero que você veja o quanto ela é maravilhosa.
Depositei meu copo de uísque vazio na bandeja do garçom que passou à nossa frente, mas achei por bem não pegar outro, já que dirigiria.
— E exatamente por isso estou aguardando pacientemente, enquanto ela está Deus sabe onde, esperando uma amiga que não sabe entrar sozinha em um lugar.
— Você nem deveria falar assim, já que nossa empresa...
Jason não conseguiu terminar de falar o que queria, afinal era o anfitrião da festa e mais convidados chegaram para cumprimentá-lo.
Aproveitei para me afastar um pouco do lugar repleto de pessoas e fui tomar um ar fresco no ambiente externo, que

ainda tinha alguns seres perambulando pelos lugares, mas bem menos do que do lado de dentro.

Estalei meu pescoço para afastar a tensão do músculo dos ombros e depois de dar mais alguns suspiros e reparar no céu estrelado de Miami, decidi que deveria voltar e ver se Cameron já havia aparecido.

Eu a cumprimentaria, ficaria no máximo uns dez minutos batendo papo com ela e depois iria para a minha casa. Nada mais que isso.

Comecei a caminhar para dentro do lugar onde acontecia a festa e ao longe pude ver que duas mulheres já estavam ao lado de Jason. A loira estava abraçada com ele e a morena com o cabelo ondulado estava de costas para mim, então não consegui ver seu rosto. Usava um vestido escuro, que não dava para observar muitos detalhes de onde eu estava, devido às luzes escuras da festa, mas de algo eu poderia ter certeza, ele mostrava todas as curvas que seu corpo possuía.

E com isso, não podia negar que tive uma bela visão do seu corpo pela parte de trás e a bunda não era nada mal. Na verdade, era redonda e parecia ser perfeita para apertar. Se eu fosse o mesmo Dominic do passado, eu a olharia por um longo tempo e imaginaria minha mão em sua pele de diversas formas.

Caminhei lentamente até onde meu amigo estava com a namorada e a amiga que ele tanto queria que eu conhecesse. Só que comecei a sentir uma sensação estranha percorrer meu corpo, como um calafrio, que parecia me avisar que algo aconteceria.

Senti até mesmo um frio incomum tomar meu corpo e quase desisti de me aproximar de Jason, porém continuei seguindo meu caminho, até que parei ao lado das três pessoas que estavam mais à frente.

— Ah, maravilha! Até que enfim apareceu. — Jason abriu um sorriso radiante e Cameron, como deduzi, me encarou sorrindo amigavelmente. — Meu amor, esse aqui é o meu melhor amigo e, Dom, essa é a minha deusa.

— Muito prazer! — Estendi minha mão para a moça que logo retribuiu o gesto.

— O prazer é todo meu. Jason sempre fala de você.

— Espero que sejam palavras do bem.

— São sim — Cameron, respondeu sorrindo.

Ela realmente era muito bonita. Olhos castanhos, com expressão angelical e parecia realmente ser uma pessoa boa.

— Essa é a minha amiga, que eu considero quase como uma irmã. — Ela apontou para a moça que estava em silêncio ao nosso lado e assim que meus olhos pararam sobre ela, meu mundo também parou.

A música do lugar silenciou, as respirações, conversas, danças pararam. Tudo pareceu congelar e eu só conseguia ter olhos para a mulher que já me encarava com os olhos arregalados, parecendo realmente que havia visto um fantasma.

E eu... Bem, provavelmente eu era um fantasma na sua vida.

— Dominic, essa é Hazel e, Hazel, esse é Dominic.

Não precisávamos de apresentações. Na verdade, nem deveríamos estar no mesmo ambiente.

Puta que pariu!

O que estava acontecendo?

Destino, o que você pensava que estava fazendo?

Capítulo 10

Hazel

Algumas horas antes...

Sim, Haven, Cameron e mamãe conseguiram me convencer a sair de meu casulo de proteção, conhecido como casa.

E naquele momento, estava analisando meu *closet* como se não soubesse o que fazer.

Havia tanto tempo que não saía para festas que nem sabia por onde começar a me arrumar. Antes mesmo de começar a pirar e deitar em posição fetal e fazer algum tipo de drama, minha mãe bateu à porta e logo apareceu com um sorriso gentil no rosto.

Aquela era sua marca registrada e eu sempre me sentia bem quando ela decidia me salvar, quando pressentia que eu estava em uma enrascada que eu mesma havia me colocado.

— Precisa de ajuda?

— Sra. Morris sempre sabendo o momento certo de aparecer.

— Claro. Eu sou uma ótima mãe e sei quando minha filha precisa ser resgatada.

Voltei-me em sua direção e apoiei as mãos em minha cintura.

— Mamãe, não sei por qual motivo deixo vocês me convencerem a fazer coisas que não gosto.

— Filha, você tem de se divertir.

Ela se aproximou de onde eu estava, deu-me um leve abraço e fez com que eu me sentisse mais confiante em sair de casa. Desde sempre sofri *bullying* na escola e depois de tudo o que aconteceu comigo no final do ano letivo, eu me fechei ainda mais para o mundo.

A faculdade só não foi pior, pois achei Cameron para me fazer companhia, mas nunca nem mesmo fui a alguma festa que faziam no campus, já que para mim, aquilo estava fora de cogitação. Já havia passado humilhação demais em minha vida, para me prestar a passar mais uma.

— Mamãe, eu me divirto tanto em casa. Assistindo algo legal na TV ou lendo algum livro. Não preciso sair para isso.

Ela me encarou, abriu mais um daqueles sorrisos que acalentavam minha alma e murmurou:

— Eu sei que não precisa sair para se divertir, mas eu quero que você saia, ao menos uma vez. Aproveita que estou aqui para olhar aquela garotinha.

Mamãe tinha chegado há três dias e Haven já havia feito tantas coisas com ela, que seria humanamente impossível para uma pessoa tão antissocial quanto eu.

— A senhora não precisa ficar me dando conselhos motivacionais, eu já me convenci. Irei a essa festa do namorado de Cameron. Só que eu nem sei o que usar.

— Por isso apareci, como uma fada neste quarto, para ajudar.

Gargalhei e mamãe se afastou de mim, começando a caminhar pelo meu *closet* e logo pegou um vestido preto que possuía uma saia rodada, batia no meio das minhas coxas, mas o ponto alto era o decote que iria abaixo dos meus seios, quase chegando ao meu umbigo.

— A senhora tem certeza de que tenho de usar algo tão...
— Tão maravilhoso?
— Mamãe... — gemi.
— Você vai usar esse, Hazel, e pare de bancar uma adolescente, pois a senhorita já tem vinte e sete anos.

Logo ouvi os passinhos da minha pequena pestinha entrando em meu quarto.

— Eu amo esse vestido! A mamãe ganhou da tia Cam e nunca usou. — Haven gritou, com sua voz infantil.

Minha filha nunca me ajudava em nada.

Olhei para ela por cima do meu ombro e seu sorriso em minha direção me desmontou.
— Eu nem sei por que tento lutar contra vocês.
Mamãe me estendeu a peça e tratei de logo me vestir. Aproveitei para usar um salto e também passei uma maquiagem leve no rosto, somente para realçar meus olhos e dar uma cor suave aos meus lábios.
Iria com meu cabelo solto, pois era uma das partes que mais amava em mim.
Por fim, peguei uma bolsa pequena e virei para minha mãe e para Haven.
— Como estou?
— Linda como sempre, minha menina.
— A princesa mais perfeita — Haven completou.
Abaixei-me para ficar da sua altura e murmurei:
— Juro que não vou demorar muito.
— Mamãe, estou com a vovó. Pode se divertir.
Afaguei seu rosto e lhe dei um beijo na testa.
— Tudo bem, minha adulta.
Levantei e beijei a testa da minha mãe.
— Qualquer coisa, a senhora me liga.
— Pode deixar, querida.
Saímos do quarto e enquanto caminhávamos para a sala, chamei um motorista por aplicativo, que não estava muito longe. Logo que chegou, entrei no automóvel e fomos em direção à festa de aniversário de Jason.
Eu o havia conhecido há algum tempo, e não podia negar que era um homem bonito, sem contar também que era advogado. O que era bom, porque nunca poderia reclamar da agenda conturbada da minha amiga. Caso eles dessem realmente certo, algo que torcia muito para acontecer, mesmo que ainda duvidasse que Cameron ficasse presa a alguém por muito tempo.

Hazel: Espere por mim do lado de fora, que estou chegando.
Cameron: Estou indo!

Achei melhor não entrar sozinha, senão eu poderia facilmente me perder.

Cheguei ao local e a música alta fez com que eu suspirasse. Odiava aquilo, de verdade. E nem era por não gostar de sair, era realmente por não gostar de festas. Nunca fui da turma da balada, mas ali estava eu e precisava ficar ao menos por uma hora para que minha mãe não quisesse me matar e Cameron também.

Assim que avistei minha amiga, ela veio em minha direção e me abraçou. Como sempre muito amável e eu muito seca para demonstrações de afeto.

— Se você não viesse, eu juro que a mataria.
— Eu adoro a forma que me recepciona, Cameron.
— Eu sei que sim.

Ela mal havia terminado de falar, quando me puxou para dentro da festa e me levou na direção de Jason.

— Ah! Jason, já disse que o amigo gato dele está aqui.

Revirei os olhos e assim que chegamos perto do namorado da minha amiga ela voltou a falar:

— Olha quem resolveu aparecer, amor.
— Hazel, quanto tempo.
— Parabéns, Jason!

Eu o abracei rapidamente e sorri para ele.

— Muito obrigado! Adorei o presente que mandou entregar na minha casa. Eu amo charutos!
— Cameron havia me dito, então, espero que aproveite.
— Mas não precisava se incomodar.
— Não foi incômodo algum.

E realmente não tinha sido um incômodo, eu adorava presentear as pessoas em seus aniversários.

Mas naquele momento, os olhos do namorado da minha amiga, foram parar em alguém que passou ao meu lado e o perfume era tão forte que acabou grudando em meu nariz.

Evitei fazer contato visual imediatamente, pois imaginei quem seria.

— Ah, maravilha! Até que enfim apareceu. — Jason abriu um sorriso radiante e Cameron encarou o homem com o seu olhar amigável. — Meu amor, esse aqui, é o meu melhor amigo e, Dom, essa é a minha deusa.

— Muito prazer!

Assim que ouvi a voz do amigo de Jason, meu coração disparou, minha boca secou e o ar me faltou.

Levantei meus olhos e pude constatar que era quem eu mais temia. Depois daquilo, não consegui ouvir mais nada do que falavam, só consegui encarar meu passado a poucos passos de mim.

O passado que nunca quis reencontrar, mas que estava aqui.

E quando ele me encarou, percebi a mesma expressão de choque estampando seu rosto.

Eu não sabia o que fazer... Se o xingava, se lhe dava um soco ou se o ignorava.

— Dominic, essa é a Hazel e, Hazel, esse é Dominic.

Ao ouvir a voz de Cameron, tomei minha decisão, antes que algo muito ruim pudesse acontecer. Dei as costas para os três e saí correndo daquele lugar.

Capítulo 11

Hazel

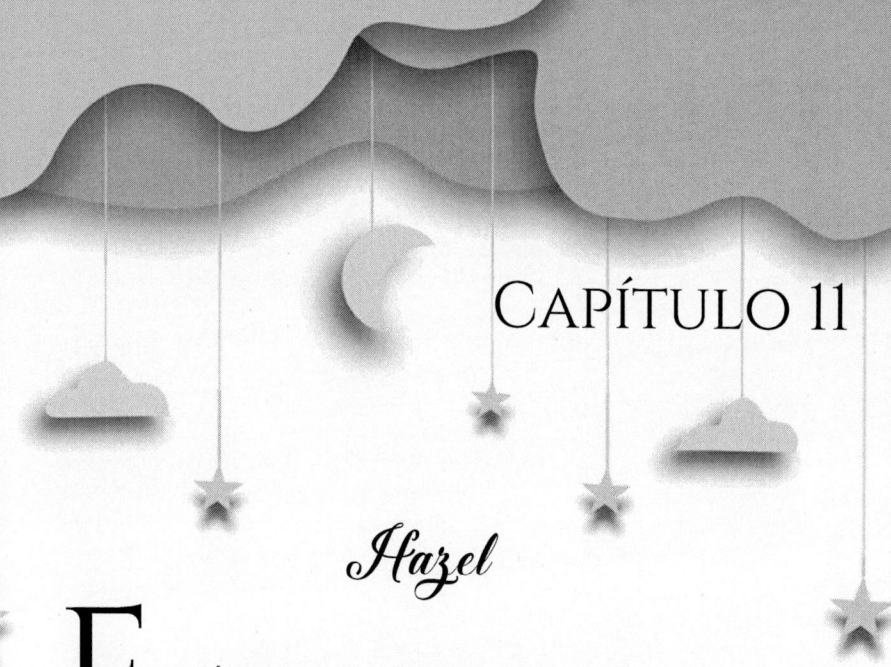

Eu já estava com falta de ar do tanto que corri, mas não conseguia parar.

Queria chegar a um local seguro, para poder chamar um motorista de aplicativo e voltar para minha casa.

Depois de correr por alguns quarteirões, de salto, encontrei uma loja de conveniência e entrei nela como uma louca. A garota do caixa me olhou assustada e provavelmente nas condições em que eu estava ela deve ter pensado que aconteceu algo muito pior comigo.

A menina aparentava ser nova, ter uns dezoito anos, no máximo. O cabelo pintado de rosa, uma maquiagem pesada, mostrava que queria dizer algo ao mundo, mas ninguém a estava escutando. Seus olhos estavam tão arregalados que me senti na obrigação de me explicar.

— Desculpe entrar dessa forma. — Minha boca estava tão seca que caminhei até o freezer, peguei uma lata de refrigerante e caminhei até o caixa.

O lugar estava completamente vazio e eu tirei uma nota de dez dólares da carteira e lhe entreguei. Assim que foi me devolver o troco, murmurei:

— Pode ficar.

Abri a latinha e tomei um gole do refrigerante, meu celular tocou novamente, como em todos os minutos seguintes, depois que saí correndo da festa de Jason.

A conveniência ficava em frente à praia e das paredes de vidro do lugar, era possível visualizar as ondas do mar. Nesse momento ele estava tão escuro quanto os meus pensamentos.

Peguei o telefone na minha bolsa e vi ser Cameron, achei por bem atender, antes que ela chamasse a polícia ou algo assim.

— Alô — sussurrei.

— Você está maluca? Aonde foi parar? — berrou do outro lado.

— Eu tive um imprevisto — menti, já que não achei certo falar a verdade.

Nunca havia comentado com Cameron quem era o pai de Haven, só disse que era alguém que não valia a pena citar. E agora que eles se conhecem, realmente não era bom falar, pois se ele ficasse sabendo da minha filha poderia querer conhecê-la e eu...

Não! Não iria permitir.

— Que merda de imprevisto, Hazel?

— Menstruação. — Voltei a mentir.

Olhei de esguelha para a garota do caixa e ela estava fazendo uma careta, o que mostrava que eu era uma péssima mentirosa.

— Conta outra que eu não caí nessa.

Pelo jeito nem a minha amiga acreditou na minha mentira.

— Cam, eu precisei ir embora. Posso conversar com você depois?

— Eu estou com tanta raiva, que não sei se quero mais ver você.

Abaixei minha cabeça e a menina do caixa que ainda não havia nem aberto a boca tomou o celular da minha mão tão abruptamente que levei um susto.

— Moça, não briga com sua amiga. Ela passou por um problema gigantão.

Ou o volume da ligação estava tão alto ou a Cameron estava gritando tanto que eu consegui escutar tudo o que dizia.

— Quem está falando?

— Não interessa, mas olha, sua amiga estava com uma diarreia pesada. Parece que viu um gatinho e ficou morrendo de vergonha, por isso saiu correndo.

— Você está falando sério?

— É, e ela estava com vergonha de falar para isso, mas estou aqui contando, para você, então não *curte* muito com ela, beleza?

A menina piscou para mim e eu abri minha boca. Como assim, diarreia?

Ah, caralho!

Cameron curtiria comigo até o fim da minha vida.

— Puta que pariu! Isso é muito a cara da Hazel.

E eu pude ouvir a gargalhada dela e, sim, em uma desconhecida ela acreditou. A menina do caixa me estendeu o telefone e eu o peguei.

— Dá para parar de rir?

— Olha, eu entendo que Dominic é um gato, mas provocar uma diarreia já foi demais.

Fechei os olhos, pois só de ouvir o nome dele me dava vontade de chorar.

— Cam, eu já estava com problema quando saí de casa, só não quis dizer.

— Vou perdoar você dessa vez, mas o coitado do Dom ficou com tanta vergonha que foi até embora.

Engoli em seco com seu comentário.

— Nós nos vemos na segunda.

— Tudo bem! Melhoras, qualquer coisa vai ao médico.

— Pode deixar.

Senti-me ainda pior por mentir para ela, mas não tinha outra escolha. Encerrei a ligação e encarei a menina do caixa.

— De nada! — falou. — E antes que pergunte, meu nome é Lindsay.

— Obrigada! — Mordi meu lábio e questionei algo que me deixou curiosa: — Como você sabia que tinha um homem envolvido?

— Uma mulher bonita, que parece ter dinheiro, entrando desesperada nessa espelunca, ou está fugindo de algum homem que está tentando lhe fazer mal ou está fugindo de algum homem que a deixou chocada. — Ela bateu as unhas coloridas no balcão e voltou a dizer: — Decidi que não precisava chamar a polícia, quando me pediu desculpa pela sua entrada abrupta, então ninguém estava tentando fazer mal a você. Foi só algum homem que a deixou chocada.

Tomei mais um gole do meu refrigerante e mesmo que meus pensamentos estivessem uma zona, sorri para Lindsay.

— Queria ter sido mais esperta quando tinha a sua idade, Lindsay.

A garota sorriu para mim, seus olhos eram pretos e ali parecia ter algum tipo de tristeza, que quem só passou por algumas merdas na vida entendia.

— Dependendo das pancadas da vida a gente aprende, Hazel, certo?

— Certo!

Ela apoiou o cotovelo no balcão e me encarou completamente curiosa.

— Já acabei com sua vida, devido a uma diarreia de mentira. Não quer me contar o que aconteceu?

Olhei novamente para fora da conveniência e percebi que aquela garota parecia tão sozinha ali. Eu podia muito bem lhe fazer companhia por algum tempo, contando-lhe a merda da minha vida.

E foi assim que narrei tudo, desde o início, quando pensei ter conhecido um príncipe até alguns minutos atrás, quando esse príncipe que virou vilão apareceu à minha frente.

— Que filho da puta!

— Pois é, todo mundo tem alguma pedra no caminho que pode machucar na vida.

Lindsay assentiu e pegou na minha mão.

— Mas agora estou orgulhosa de você ter cuidado da sua filha sozinha. Também queria ter seu pensamento maduro, mas não tive e acabei...

Eu sabia que aquela menina tinha algo.

— Você abortou? — Não tinha nenhum julgamento em minha voz.

— Sim. — A sua falhou um pouco, mas logo ela continuou: — Eu moro com meu pai, que disse que se eu tivesse um bebê seria expulsa de casa, então não tive escolha quando descobri.

— Eu sinto muito!

— São nossas pedras, como você disse.

— Infelizmente, sim, não dá para ter conto de fadas.

Olhei o relógio que ficava atrás dela e percebi que já haviam se passado mais de duas horas que eu estava ali.

— Bem, eu preciso ir.

— Eu a segurei muito tempo aqui.

— Adorei conhecer você, Lindsay.

— Eu também, Hazel.

Estava caminhando em direção à porta do lugar, quando algo me tocou e eu me voltei para a menina do caixa que ainda me encarava.
— Só supus sua idade, mas quantos anos você tem?
— Dezenove!
— Jurei que era dezoito. Já faz faculdade?
— Nem todo mundo pode ter a chance de ir à faculdade.
Eu sabia muito bem.
— Você gosta de trabalhar aqui?
— Não! Mas é o que tem.
— Sabe mexer em computador?
— Ei, eu não sou um E.T., é claro que sei.
Abri um sorriso em sua direção, caminhei até ela. Tirei um cartão da minha bolsa e o estendi.
— Apareça segunda na minha empresa. Quem sabe eu não tenha alguma coisa melhor para você do que isso. — Apontei para a conveniência.
— Você está falando sério?
— Sim!
— Acho que te amo!
— Diz isso, só se conseguir algo.
E depois saí de lá e peguei o carro para ir para minha casa. Ao menos já estava mais calma e não desabaria assim que pisasse dentro do meu lar.
A conversa que tive com aquela menina foi reconfortante, mas, assim que me afastei o rosto de Dominic parou na minha mente. Ele estava mais velho, com barba cerrada, uma expressão mais madura...
Droga!
Eu o odiava tanto...
Nunca deixaria que descobrisse sobre minha filha.

Capítulo 12

Dominic

O cabelo ondulado não havia mudado, estávamos no mesmo lugar que costumávamos nos encontrar quando jovens.

A diferença daquele momento era que agora havíamos amadurecido, estávamos mais velhos e sabíamos muito bem o que fazíamos ali.

Não precisava ser nada escondido, eu não precisava me esconder das pessoas. Tinha liberdade para viver minha própria vida.

Seu sorriso irradiava em minha direção, mas logo eu lhe dizia palavras que faziam com que aquela bela visão fosse para o espaço. De um sorriso lindo, seus olhos se enchiam de lágrimas e logo Hazel começava a chorar, uma sombra recaía sobre sua expressão feliz.

Ela corria para longe de mim e ali havia acabado tudo.

Eu havia perdido minha menina, meu doce e meu amor. Por ser idiota o suficiente, por não ter força suficiente para poder lutar contra tudo e todos que quisessem nos machucar.

Fraco... Covarde... Repugnante. Três palavras simples e baixas que remetiam ao homem que eu era.

Abri meus olhos e mirei o teto, que estava iluminado pela luz parca que entrava pela cortina que havia deixado aberta. Estava completamente ofegante e senti meu corpo pegajoso devido ao suor pelo pequeno pesadelo que estava tendo anteriormente.

A amiga de Cameron era simplesmente a mulher que eu não via há dez anos. A mulher que eu nunca esqueci, mas que preferia ter esquecido.

Perfeita!

Era o que Hazel continuava sendo.

Quando meus olhos pararam sobre ela, a única certeza que tive era de que ela continuava sendo tão maravilhosa, que eu precisava levar minhas mãos carinhosamente em sua direção para ter certeza de que meu toque não a machucaria.

Porém, assim que ela me viu, percebi que a calma que estava em seus olhos, virou explosão, ódio, raiva e talvez medo. Mas, medo de quê? Eu que deveria ter medo de vê-la depois de tudo que lhe fiz no passado.

No entanto, nem tive tempo de cumprimentá-la ou de tentar pedir perdão. Se é que eu teria coragem de abrir minha boca, já que Hazel saiu correndo em direção à entrada da festa. Quando percebi o que estava acontecendo, ela já havia sumido e Cameron estava completamente vermelha de vergonha.

— *Gata, o que aconteceu com Hazel?* — *Jason, indagou.*

— *Tenho certeza de que ela tem alguma explicação para essa cena.* — *Cameron, parecia estar rangendo seus dentes.*

Logo pegou o telefone e se afastou, provavelmente para ligar para a amiga fujona.

Eu sabia muito bem o motivo da reação de Hazel, ou talvez tivesse sendo convencido demais, porém, se ela ainda se lembrava do passado tão bem quanto eu, aquela seria uma das opções que passariam por minha cabeça quando eu visse a pessoa que destruiu meus sonhos de adolescente.

— *Cara, desculpa, eu pensei que seria uma boa apresentar vocês.* — *Jason até tentou se explicar, mas eu logo o cortei.*

— *Nem se preocupe com isso, provavelmente ela tem algum motivo.*

Preferi deixar em segredo que aquela era a mulher que ainda vivia em meus pensamentos, por isso, ainda não conseguia ter um relacionamento, enquanto não resolvesse toda a merda que fiz no passado.

Jason sabia que tive um relacionamento na adolescência que havia terminado em fracasso e que, da mesma forma que acabou, me destruiu por dentro e não sabia o que fazer para consertar as coisas. E desde então, nunca mais fui o mesmo homem.

Um completo fodido por quebrar o coração de quem mais se importou com meus sentimentos.

— Vou aproveitar a deixa para me despedir, preciso mesmo ir para casa.

Jason revirou os olhos, mas ao menos não encheu muito meu saco. Acho que ele ficou realmente chocado com a reação de Hazel.

Assim que saí do lugar em que acontecia a festa do meu amigo, ainda olhei para os lados para ver se encontrava a mulher que pelo visto ainda mexia comigo, afinal, meu coração ainda estava disparado, porém não a vi mais.

O que deveria fazer naquele momento, era realmente ir para meu apartamento.

E foi o que fiz...

Agora estava ali, com o sol ainda sem aparecer, acordando de um pesadelo. Olhei para o relógio da mesa de cabeceira e percebi que só havia dormido duas horas depois de ter chegado ao meu apartamento.

Eu até havia sido fraco e pesquisado por Hazel nas redes sociais, inclusive na de Cameron, além de uma foto que vi das duas juntas em uma tarde em um café, não tinha nada referente à mulher em lugar algum.

Pelo visto Hazel Morris, tinha se tornado o que eu mais quis quando falei para ela aquelas palavras que eu odiava, havia se tornado um fantasma que eu não conseguiria encontrar quando quisesse.

— Hazel, como a vida é estranha — conversei com o nada.

Deitei-me novamente na cama, percebendo que o escuro da madrugada não teria as respostas que eu precisava.

Fechei meus olhos tentando dormir. Só esperava que um dia conseguisse me desculpar por todas as mentiras que fui obrigado a lhe dizer.

Eu tinha de explicar o que fui obrigado a fazer naquela época. E esperava que em algum momento da minha vida, ela me perdoasse.

Eu sempre estive pronto para lhe pedir perdão de joelhos se fosse preciso.

Capítulo 13

Hazel

Abri a porta de casa, pedindo muito para que todos estivessem em suas camas, pois assim eu poderia passar despercebida e, no dia seguinte, já estaria melhor para receber os olhares de mamãe e Haven.

No entanto, para meu azar, mamãe ainda estava de pé, aguardando-me na sala de estar, com um livro nas mãos. Assim que me viu entrar, deixou-o de lado e sorriu em minha direção.

Passei meus olhos pela sala e agradeci por não ver Haven em lugar algum, principalmente na barraca de princesa que estava armada em um canto adjacente. Quando saí, aquela barraca não estava ali.

— Voltou cedo, querida — mamãe murmurou.

Eu conhecia aquela mulher muito bem para saber que ela queria todas as novidades possíveis do que havia acontecido e, pela minha expressão, ela sabia que talvez não fossem as melhores notícias.

— A senhora sabe que não sou boa com festas.

Coloquei minha bolsa em cima da poltrona da sala e aproveitei para tirar o salto que já estava me matando. Agradeci mentalmente por não ter me machucado na minha pequena fuga.

Aproximei-me de onde minha mãe estava e me sentei ao seu lado. Fiquei olhando para meus pés descalços, enquanto ela

ficou em silêncio, mas como sempre foi a melhor pessoa para solucionar problemas, ou para abordá-los, acabou dizendo:
— Haven está na cama, se quiser dizer algo esse é o momento.
Encarei a Sra. Morris de soslaio e percebi que ela já me olhava com uma sobrancelha arqueada, esperando pela bomba que eu soltaria em cima dela.
— O passado retornou — anunciei, sem dar muitos detalhes, achei por bem deixar algumas coisas guardadas somente para mim.
Minha mãe ficou em silêncio por algum tempo, porém, eu a conhecia muito bem, para saber que ela havia entendido tudo o que eu quis dizer somente com as poucas palavras que escaparam dos meus lábios.
— Eu vou querer saber como esse passado retornou?
— Por incrível que pareça, ele é o tal amigo gato do Jason, que a Cameron queria me apresentar.
— Que bosta de vida, não é?!
— Tenho de concordar com a senhora.
— E o que você pretende fazer?
— Pretendo não ir a nenhuma festa que Jason der, para evitar rever esse passado.
Mais um pouco de silêncio, até que mamãe apoiou sua mão em meu ombro e eu senti meu corpo fraquejar e as lágrimas que eu queria que ficassem guardadas apareceram.
Mas ao menos elas não escaparam dos meus olhos.
— E como você está se sentindo ao rever esse passado?
Aquela era uma pergunta que eu não queria responder, mas que precisava dizer em voz alta, para que minha mãe não pirasse e pensasse que eu devia voltar a fazer terapia ao menos três vezes na semana.
— Péssima, mamãe. Eu pensei que nunca mais o veria e onde menos esperei, acabei o encontrando.
Deitei minha cabeça em seu colo e ela acariciou meu cabelo.
— O mundo pode ser enorme, meu amor. Mas quando tentamos fugir de algo, ele acaba se tornando pequeno demais.
— Percebi hoje que, mesmo depois de dez anos, eu ainda estou fugindo de algo que aconteceu na minha adolescência.
Mamãe continuou passando seus dedos sobre os fios do meu cabelo.

— E você vai querer, agora, depois de dez anos, revelar a verdade para esse passado?
Aquilo era algo que não precisavam me indagar, já que eu tinha a resposta pronta para a pergunta.
— Nunca!
Levantei-me no mesmo momento do colo da minha mãe e foquei em seus olhos, tão iguais aos meus.
— Eu nunca vou dizer a ele, pois Dominic não merece saber sobre ela.
Minha mãe passou a língua por seus lábios, suspirou e voltou a dizer:
— Filha, não sei se essa sempre foi sua melhor escolha.
— Mamãe, eu posso ser a mulher mais idiota do mundo, mas fui eu que tive de ouvir todas as palavras que ele me disse. Então, não vou jogar meu bem mais precioso de mão beijada para aquele homem. Podem ter se passado anos, mas eu nunca vou perdoá-lo pelo que fez e se ele machucasse a minha filha, eu seria capaz de matá-lo.
Sra. Morris fez uma expressão chocada, mas antes que pudesse dizer qualquer coisa, acabei interrompendo.
— E antes que diga algo, eu já vou me antecipar. Porque eu sou errada mesmo, mas por Haven, eu serei tudo, menos uma mãe que a entrega para o monstro que só soube me conquistar com palavras bonitas e quando não estava bom me jogou para os leões. Se ele fizesse isso com ela, nunca me perdoaria. Haven é feliz, mamãe. Ela não merece nada mais que isso.
Mamãe sorriu para mim e assentiu.
— Você está certa, só se acalme, tome um banho e vá descansar.
Assenti, joguei-lhe um beijo no ar e antes que pudesse subir as escadas sussurrei:
— Eu não contei para Cameron o motivo de fugir da festa, então não conte nada a ela. Prefiro que fique essa história só entre nós duas.
— Pode deixar, querida.
Sorri em sua direção e em seguida subi os degraus que me levavam para meu quarto.
Estava tentando me fazer de durona, usar palavras motivadoras, mas na verdade, eu só queria por mais cinco segundos olhar para Dominic e reparar o quanto ele continua maravilhoso.

Um idiota que nunca deixava de ser delicioso...
Por que os caras malvados sempre eram os mais lindos?
Aquela resposta nunca seria respondida, eu tinha absoluta certeza e também não queria ser mais uma das estatísticas que caía no papinho dos malvados.
Eu só precisava continuar vivendo minha vida, sem esbarrar novamente em Dominic.
Só isso e nada mais.

Capítulo 14

Dominic

A vida precisava continuar.
Ao menos era isso que eu estava tentando me dizer desde o final de semana. A semana havia começado e naquele dia mesmo, teria a reunião que mudaria o destino da minha empresa, então eu não poderia deixar que meu passado ficasse tomando minha mente, como tomou todo o resto do meu sábado e todo meu domingo.

Levantei-me da minha cadeira, pois estava na hora da reunião que mudaria o destino do meu escritório e eu precisava estar completamente concentrado.

Chega de Hazel...

Ela era passado. Talvez eu tentasse falar com ela depois, mas naquele momento o foco era o que eu precisava ter. E somente ele faria com que eu continuasse tendo bons frutos com meus clientes.

Saí do meu escritório sem levar nada, pois sabia que os documentos necessários já estavam na sala de reuniões. Assim que estava no corredor, Jason abriu a porta da sua sala e saiu com um sorriso enorme no rosto.

— Nossa, arruma essa cara, senão o contrato não será fechado mesmo.

Não entendi o que ele estava querendo dizer, mas assim que ele acenou para a pilastra de vidro, um pouco mais à frente, foi possível perceber que eu não estava com a minha melhor expressão.

Balancei minha cabeça e coloquei uma expressão mais amena em meu rosto.

— Melhorou?

— Talvez você engane nossa convidada, mas os acionistas o conhecem muito bem, espero que eles não queiram comê-lo vivo.

Revirei os olhos, mas meu amigo que adorava bater papo voltou a dizer:

— Teve um final de semana ruim?

Eu não queria falar nada sobre Hazel, pois se ele comentasse algo com sua namorada as coisas poderiam ficar ainda mais complicadas e, se Cameron não lhe havia dito nada, era porque Hazel também não tinha falado nada.

Então, por qual motivo, eu mexeria com algo que estava quieto?

— Só tive um pouco de insônia, talvez seja devido a essa transação que faremos.

— Com certeza.

Pegamos o elevador e descemos um andar, onde ficava a sala de reuniões. Voltamos a caminhar pelos corredores, com alguns colaboradores nos cumprimentando por onde passávamos.

Pelas paredes de vidro eu pude ver que o pessoal do outro escritório já estava à nossa espera.

Era isso...

— Só espero que dessa vez, ela não saia correndo — Jason brincou.

Franzi meu cenho, sem entender sua piada. Ele percebendo que eu estava completamente perdido em relação ao que tinha dito, fez uma careta, abriu a porta da sala de reuniões que era de vidro e acenou para a dona da HZ Advogados. Quando aqueles olhos verdes encontraram os meus, eu soube que realmente meu destino estava traçado para encontrar Hazel Morris.

Hazel

O final de semana tinha sido tão conturbado que eu tinha esquecido completamente, que na segunda-feira era a reunião com o dono da Carter Advogados.

Eu sabia que aquele nome me remetia a algo, mas não conseguia fazer com que minha mente se lembrasse do que era. Saí de casa tão cedo, que Haven ainda dormia.

Fui obrigada a deixar um beijo em sua testa, enquanto ela parecia um anjo que havia surgido em minha vida, para ser minha salvação. Minha mãe também ainda não havia se levantado.

Encontrei Cameron em frente ao escritório, antes das 8h e com isso fomos para o escritório dos nossos futuros parceiros.

Alguns dos nossos acionistas nos encontrariam lá, mas eles já estavam mais do que de acordo com aquele contrato, queriam mais era que eu assinasse logo a papelada para que faturássemos mais, para que com isso eles ganhassem mais, sem que fizessem esforço algum.

Já que eu fazia todo o serviço para aqueles sacanas.

Assim que estacionei em frente ao prédio da Carter Advogados, meu corpo todo começou a suar.

— Cameron, você conhece o dono desse lugar? — perguntei à minha amiga, que me encarou de forma estranha.

— Sim, quer dizer, eu nunca falei com ele pessoalmente em relação a esse contrato, mas está tudo certo e como você confiou em mim, eu nem achei necessário apresentá-la.

Sim, eu havia confiado nela para que resolvesse aquela pendência, já que na época eu estava enfrentando um processo gigantesco para uma empresa, que acabei vitoriosa, mas sem a ajuda de Cameron eu não teria coragem.

Fiz um aceno para ela e disse:

— Enfim, hoje eu também vou conhecê-lo e está tudo certo.

Caminhamos para dentro do escritório de advogados e logo fomos guiadas até a sala de reuniões, que eu não podia negar que era o dobro da minha.

Se fizéssemos a junção, provavelmente ou compraríamos um lugar novo ou iríamos parar ali, pois o lugar era muito maior que meu escritório.

Fui apresentada a alguns acionistas e gostei da forma que fui recebida, já que pensei que iriam me tratar com desrespeito por eu ser mulher e homens de negócios sempre se achavam no direito de nos humilhar. Mas, aqueles sabiam que o deles estaria na reta se não me tratassem direito.

E depois de falarmos coisa que não tinha nada a ver com negócio, percebi que as pessoas olharam para a porta de

entrada e eu fiz o mesmo. Assim que meus olhos encontraram os de Dominic, eu soube de onde Carter vinha.
Dominic Carter.
Como pude me esquecer que o escritório Carter Advogados era dos seus pais e provavelmente, agora quem tomava a frente dos negócios era o herdeiro do casal.
Em que porra de destino eu havia me metido?
Eu nem queria a resposta, mas sabia que não queria aquilo para mim.
— Bem, acho que eu deveria ter dito antes que o Dom, amigo do Jason, era o dono do escritório — Cameron sussurrou em meu ouvido.
Olhei para ela por cima do meu ombro e acho que ela percebeu que não gostei de saber daquilo naquele momento, pois a expressão pacífica do seu rosto sumiu.
— Vamos começar a reunião, senhores? — Jason tomou a frente da situação, depois de perceber que Dominic estava no mesmo lugar, ainda me encarando.
Engoli em seco e sem nem mesmo olhar na direção do homem que ainda me fuzilava, que fazia até mesmo minha pele esquentar, sem nem mesmo levantar a minha voz anunciei:
— Eu não vou fazer a parceria.
E todos os rostos da sala de reuniões se voltaram para mim, completamente chocados.
Não precisava que eu virasse para Dominic para saber que ele era o único que estava como antes. Ele era o único que sabia a verdade nessa sala... O único que não podia me julgar por minhas decisões.
Só que indo completamente contra o que eu pensava, também sem alterar a voz ele falou:
— Saiam todos e deixem que eu converse com Hazel Morris.
Ao ouvir meu nome, fui obrigada a voltar meus olhos para ele e ali percebi que seria uma disputa de ego.
Só que não era mais a adolescente boboca que ele conheceu e nessa disputa eu ganharia.

Capítulo 15

Dominic

Ela se sentou na cadeira em uma ponta da mesa e me encarava com a expressão fechada. Sentei-me na outra ponta e também a encarava. Não precisava ser nenhum gênio para perceber que todas as pessoas que estavam dentro da sala nos observavam do lado de fora, pelas paredes de vidro. Por sorte a acústica da sala era ótima e não dava para ouvir nada do que trataríamos do lado de dentro.

Esperei por mais dois minutos, para ver se Hazel tomaria frente da conversa, mas pelo visto ela não diria nada. Achei um milagre que tivesse aceitado conversar comigo, longe de todos. Na verdade, acho que Cameron, que estava ao seu lado, foi a pessoa que lhe convenceu daquele feito, mas depois teria que ter certeza daquilo.

— Bem, primeiramente...
— Quero que você vá direto ao assunto, senhor.

A indiferença em sua voz, quase cortante, parecia realmente como uma faca, mas não deixei que ela me atingisse, pois queria falar com aquela mulher como se fôssemos pessoas civilizadas, coisa que eu não sabia se éramos.

— Hazel... — Parei por um momento e fitei seus dedos para ver se tinha alguma aliança e, sentindo um alívio absurdo ao perceber que não havia nada, continuei: — Ou senhorita Morris, não sei como prefere. Antes de tudo, eu nunca esperava ver você depois de tantos anos, quero que saiba que essa reunião não foi nenhum plano. E, para falar a verdade, eu nem sabia

que era com seu escritório que iríamos fechar a parceria. Era isso que eu queria deixar claro.
— Eu também não sabia. — Ela não parecia querer trocar muitas palavras comigo.
— Sei que não temos uma história muito legal em nosso passado e eu quero lhe pedir desculpas por isso, pois eu tive meus motivos...
— Senhor Carter, eu prefiro que falemos do presente e somente dele.
Assenti, soltei mais um suspiro e percebi que não estava muito à vontade com essa conversa. Porém não tinha mesmo como estar, já que Hazel estava me fuzilando com suas palavras.
Por isso, já que ela preferia falar de negócios, eu deixaria para retomar o assunto do nosso passado em outro momento e nesse focaria na única coisa que importava. Já que eu estava completamente ciente de que não poderia perder aquele contrato e eu tinha absoluta certeza de que se perdesse, os acionistas me engoliriam completamente vivo.
— Senhorita Morris, sabemos que nossos escritórios estão passando por uma fase arriscada devido à vinda da Evans & Williams Advogados para Miami, então estou pedindo encarecidamente que não tome decisões precipitadas, quando o assunto é sério. Não é somente minha empresa que está correndo risco de ir à completa falência com a vinda desses filhos da puta para cá, a sua também, então espero que pense com calma sobre o que fará. Eu prometo que não atrapalharei sua vida. Se esse for o seu medo, posso fingir ser somente uma sombra que em alguns momentos não poderá ser evitada, como em reuniões e em alguns casos, mas fora isso, será como se eu nunca tivesse existido, Hazel.
Ela ficou me encarando como se eu tivesse lhe passado um sermão. Não queria ter parecido um idiota que mandava em suas escolhas, mas eu sabia que ela havia falado aquilo só por ter visto que eu estava na mesma sala que ela.
— Sei muito bem o que pode acontecer com as nossas empresas, caso não nos juntemos. No entanto, não sei se posso confiar em um sócio que não me remete confiança alguma.
Limpei minha garganta, peguei a taça de água que estava disposta ao meu lado e tomei um gole sem nem mesmo tirar meus olhos de Hazel.

— Posso ter sido um idiota, Hazel. Mas com a empresa da minha família, que ajuda a alimentar diversas pessoas, eu não brinco. Não sou um imbecil 100% das vezes. Tenho certeza de que você viu os documentos administrativos do escritório e deve ter percebido o quanto melhoraram desde que tomei a frente da empresa. Meus pais eram bons em administrar isso tudo, mas eu sou muito melhor e levarei o legado deles adiante, se você aceitar ser minha parceira nesta jornada.

Hazel fechou ainda mais sua expressão e novamente voltou seus olhos para os documentos dispostos sobre a mesa, passou-os pelos papéis e assim que vi seu cenho franzir e, sem ousar me olhar, ela questionou:

— Onde eles estão?
— Quem?
— Seus pais.

Pelo jeito ela não sabia nada sobre mim.

— Morreram há alguns anos.

Seus olhos se desviaram dos papéis no mesmo momento e ela me encarou, mas diferente das pessoas que costumavam me dar condolências, ela só assentiu. Hazel parecia uma pessoa mudada, que não possuía muitos sentimentos.

Pelo jeito a menina sonhadora havia sido destruída e eu sabia muito bem quem havia acabado com ela.

— Pode pedir que o pessoal entre, vamos continuar a reunião.

Ela me tirou dos meus devaneios, mas sem esperar demais fiz o que pediu, para que não perdesse a vontade de fechar o contrato.

Durante a reunião ela não me direcionou o olhar em nenhum momento, nem mesmo quando a vez de falar era a minha.

Seria uma grande merda trabalhar no mesmo ambiente que Hazel, mas era o que nos restava. No final, ela assinou o contrato, eu assinei o contrato e nos tornamos sócios.

Quem diria que naquele dia, há dez anos, quando eu disse que se ela saísse não teria volta, nós pensaríamos que hoje nos tornaríamos sócios do maior escritório de advocacia de Miami.

Assim que Hazel direcionou seu olhar para o meu, pude constatar que aquela sociedade poderia tranquilamente ser a minha ruína. No entanto, o que essa mulher não sabia era que ela poderia fazer o que quisesse comigo, já que eu ainda a amava perdidamente.

Capítulo 16

Hazel

Voltei o caminho todo em silêncio e agradeci por Cameron não puxar nenhuma conversa, no entanto, assim que chegamos a sede da HZ Advogados, ela logo entrou na minha sala.

Provavelmente queria saber o motivo do meu pequeno surto, e eu, bem, queria socar pelo menos metade do Universo por ter de fechar sociedade com meu pior inimigo, ao menos era assim que eu considerava Dominic.

— Podemos conversar?

Achei prudente que Cameron parecesse um pouco amedrontada.

Ela bem sabia quando eu estava puta da vida e naquele momento eu estava a ponto de explodir alguém que surgisse à minha frente se só piscasse de uma forma que eu achasse ofensiva demais.

— Por qual motivo, você não comentou que a porra do dono do escritório que fecharíamos a parceria era o inferno do amigo do seu namorado? — esbravejei.

Cameron não tinha culpa, mas eu queria culpar alguém além de mim, por ter me envolvido anos atrás com aquele bosta de homem.

— Eu pensei que não seria necessário e...

— Ah! Você achou que seria maravilhoso se ele e eu trabalhássemos juntos, já que você poderia ficar se pegando com Jason quando bem quisesse, não é mesmo?
Talvez estivesse sendo um pouco idiota, no entanto, nesse momento, estava tão irritada que nem pensei em medir minhas palavras.
A expressão de Cameron ficou um pouco chocada e talvez até mesmo ofendida.
— Eu sei muito bem separar meu lado profissional do pessoal, Hazel.
Passei minhas mãos pelo meu rosto e soltei uma lufada de ar, para tentar não explodir.
— Não entendo o que está acontecendo. Sei muito bem que tem algo errado na sua ligação com Dominic, você parece odiá-lo e nem adianta tentar mentir, pois percebi como o olhou na festa e hoje parecia que, se tivesse uma arma, você o fuzilaria ali, na frente de todos, sem se importar com sua reputação.
— Exatamente! Não me importo de acabar com a vida daquele desgraçado.
Cameron parecia estar vendo a aparição de um fantasma, pois a cada palavra que saía da minha boca ela ficava mais pálida.
— O que ele fez com você?
Não queria contar a ela, já que ainda não sabia se podia abrir a boca para Jason.
— Não importa, só precisamos pensar em como será a porra dessa transição.
— Nunca a vi xingar tanto em tão pouco tempo.
Dei um soco na mesa de madeira de carvalho do meu escritório e o porta-retratos com uma foto minha e de Haven caiu sobre a mesa, mostrando meu ponto fraco para quem quisesse observar.
Senti meu queixo tremer e nesse momento não adiantava mais, eu não conseguiria mais controlar minhas lágrimas. Estava me segurando desde que assinei aquele contrato e todo mundo tinha um limite e o meu tinha chegado.
Deixei que a primeira lágrima caísse e depois outra seguiu o mesmo caminho e quando percebi, já estava com uma correnteza se espalhando pelo meu rosto.
— Ah, merda!

Cameron se aproximou de mim e me abraçou. Não consegui resistir àquele carinho e apoiei meu queixo em seu ombro, deixando que mais lágrimas caíssem.

— Desculpe-me por estar sendo uma idiota, mas estou irritada e provavelmente irei descontar minha ira em todos que aparecerem em minha frente.

Minha amiga se afastou um pouco e me segurou pelos ombros, olhando em meus olhos e acabou perguntando:

— Vou querer saber o que aconteceu?

— Talvez em outro momento?

— Eu poderia acabar ficando irritada e socando o idiota do Dominic?

Mesmo com algumas lágrimas ainda escorrendo pelo meu rosto, consegui abrir um sorriso para Cameron. Ela sempre tinha o poder de me acalmar, mesmo quando eu queria jogar uma bomba atômica no mundo.

— Com certeza, você o socaria.

— Então não me conte, pois iremos trabalhar juntos. Imagina que perigo socar meu chefe?

— Ele que não ouse mexer com você, senão serei eu a socá-lo — brinquei.

— Amo ser amiga da chefe.

Suspirei, limpei meu rosto e por fim disse:

— Bem, vamos anunciar aos outros as mudanças que acontecerão a partir de amanhã e começar a organizar as coisas para isso.

— Sim, porque o escritório dele é muito maior que o nosso, precisamos de espaço.

— Isso eu tenho de admitir ser verdade.

Antes de Cameron sair, ela me deu um beijo no rosto e indagou:

— Você ficará bem sem mim, por alguns minutos?

— Ficarei.

— Já volto!

Assenti e assim que ela saiu o telefone da minha sala tocou. Caminhei até ele e o atendi.

— Senhorita Morris, uma moça está aqui na recepção, dizendo que veio para um teste...

Demorei a entender o que Cataliny estava falando, mas logo me lembrei de Lindsay.

— Qual o nome dela? — questionei.

— Lindsay Smith.
— Pode deixá-la subir.
Desliguei o aparelho e sorri. Era melhor focar nas coisas boas, do que as ruins que estavam surgindo uma atrás da outra.

Eu teria de trabalhar ao lado de Dominic daqui para frente e já estava ciente de que seria um grande inferno na minha vida.

Meu passado havia voltado... Voltado para destruir meu presente.

Capítulo 17

Dominic

Jason estava me encarando em silêncio, ele sabia muito bem que era melhor me deixar quieto quando eu estava dessa maneira, no entanto, eu preferia estar sozinho em meu escritório.

— Você pode ir para a sua sala — anunciei.

— Estou em dúvida se pergunto de onde você conhece Hazel.

— Jason, acho melhor você ir para sua sala.

— Você já disse isso, mas, cara, o que foi aquilo na reunião. Vocês pareciam estar se devorando. Algo está muito estranho e eu creio que preciso saber, não acha?

Ele não precisava, porque eu tinha completa convicção de que se lhe dissesse a verdade, logo Cameron também a descobriria e se Hazel não tivesse contado para ela, talvez a mulher que ainda me tinha em sua mão tivesse mais um motivo para poder me matar lentamente, com requintes de crueldade.

Levantei-me da minha cadeira, peguei minha pasta com alguns documentos e disse:

— Peça que desmarquem meus compromissos, para mim. Esse lugar já deu por hoje.

— Dom...

— Jason, não me enche — esbravejei.

Meu amigo arregalou os olhos, como se daquela vez nem ele mesmo me reconhecesse e provavelmente fosse isso mesmo.

Eu não me reconhecia, imagina ele, que não sabia a verdadeira história por trás de toda minha revolta.
— Está bem, cara. Vai esfriar sua cabeça.
Dei as costas para ele e saí do escritório, caminhando em direção ao elevador. Precisava de ar puro, não sabia nem para onde queria seguir, só tinha certeza de que não queria continuar aqui.
Assim que cheguei ao estacionamento, entrei em meu carro e comecei a vagar pelas ruas de Miami.
Sempre muito movimentada, com mulheres e homens que adoravam perambular pelas praias. Vi algumas famílias passearem pelo calçadão e senti a porra do meu peito doer.
Não podia me enganar pelo resto da vida. Eu sempre quis aquilo, sempre quis uma família, um amor, um filho ou uma filha para cuidar. Sabia que podia ter tudo o que sempre quis, mas a pessoa certa nunca apareceu.
Eu era novo, se fosse uma pessoa esperançosa, até poderia acreditar naquele ditado de que teria uma vida toda pela frente. Só que era mentira, ainda mais quando eu sabia que poderiam passar quantos anos fossem, que ainda me lembraria dela.
A mulher que magoei, a mulher que amei. Que amei muito e ainda amava.
Droga!
Como queria ter esquecido Hazel com o tempo, porém nunca consegui e aquilo era o martírio que teria de carregar para a vida comigo.
Se ela soubesse que eu fui obrigado a fazer aquilo, talvez entendesse meu lado, só que também estava claro que Hazel nunca deixaria que eu me explicasse.
Só queria que ela entendesse que tudo o que fiz foi para protegê-la de uma sociedade preconceituosa, que com o tempo foi mudando. Agora era tarde para se arrepender, mas mesmo assim eu me arrependia.
Quando percebi, já estava parando o carro em frente ao parque que frequentávamos quando novos e aquilo era nostalgia pura. Desliguei o automóvel e fiquei dentro dele tempo suficiente para tentar tomar coragem de colocar meu corpo para fora.
Será que conseguiria ir até aquela parede de trepadeiras que guardavam tantos segredos?

Depois de engolir em seco e ficar olhando para as árvores e o verde da grama do lugar, por fim, abri a porta e saí do carro. Depois de travar o alarme, comecei a caminhar na direção que conhecia muito bem, porém, não precisei andar nem a metade do caminho para perceber que o parque estava mudado.

A parede de trepadeiras não existia mais e quando olhei na direção do lugar, senti como se meu passado nunca tivesse existido. Bem que eu queria que aquele pensamento fosse real, mas ele existiu, não era como aquela árvore, que poderia ser arrancada e esquecida.

Infelizmente, as lembranças continuavam e não se apagavam.

Voltei para o carro, já que era a melhor opção nesse momento. Voltei a dar partida e daquela vez fui para meu apartamento, era melhor me enclausurar do que ficar vagando pelos lugares e relembrando coisas que não devia.

Eu teria que me preparar psicologicamente para o dia seguinte, já que a partir dele, eu teria de conviver com Hazel e não sabia se era capaz de conviver sem ao menos tentar tocá-la e explicar tudo que sempre quis.

Esperava que algum dia ela voltasse a sorrir para mim, não precisava me perdoar 100%, mas ao menos sorrir já me bastava.

Eu seria como um pequeno pet pedindo por atenção, mesmo que ela não percebesse.

E claro que tentaria não me humilhar tanto quanto deveria, pois para tudo tinha um limite.

Mas de uma coisa eu tinha certeza, na oportunidade certa, contaria a Hazel a verdade sobre o nosso passado e talvez assim ela não quisesse me matar todas as vezes que me visse e aquilo já me bastava.

Sorri de lado e me preparei para enfrentar minha Hazel... Meu doce.

Capítulo 18

Hazel

Abri a porta de casa e mal pisei para dentro, quando um pequeno brotinho se jogou sobre mim e abraçou minha cintura. Estava com tanta raiva mais cedo que eu queria só explodir metade do mundo, no entanto, nesse momento, sentindo esses bracinhos pequenos ao redor da minha cintura, a paz tomou todo meu corpo.

— A mamãe mais linda do mundo chegou!

Coloquei minha bolsa no apoio que ficava ao lado da porta, antes de dar toda a atenção que Haven merecia. Assim que estava livre, encarei minha pequena e sorri, esquecendo completamente o dia de merda que havia tido.

— A filha mais linda do mundo sabe mesmo como receber uma mulher cansada.

Abaixei-me para ficar à altura da minha menina, tão sorridente, tão feliz, tão perfeita, tão minha.

Ela era meu ponto de paz, a única que conseguia fazer com que eu esquecesse os problemas do mundo. Se um meteoro caísse sobre a Terra nesse momento, não me importaria, pois estaria com o grande amor da minha vida.

— Você disse que chegaria mais cedo do trabalho, mamãe. — Haven fez um biquinho em minha direção e aquilo fez com que eu me sentisse um pouco mal.

— Desculpe, meu amor. Eu tive um dia terrível, mas prometo que tentarei chegar mais cedo em outros dias. É que hoje foi bastante corrido, devido à mudança na empresa.

— Vou perdoar você só dessa vez, mamãe.
Haven fez uma expressão de superioridade e eu fui obrigada a fazer cócegas em suas costelas, pois quando ela fazia aquilo não tinha nenhuma escapatória a não ser aguentar *meu ataque*.
— Você não é nenhuma adulta, garota.
Enquanto caía na gargalhada, ela acabou gritando por minha mãe, que veio correndo em sua ajuda. Fiquei incapacitada e acabei caindo na armadilha das duas e elas me pegaram de cócegas e eu perdi a batalha.
— Eu imploro, por favor, parem! — pedi, quase fazendo xixi na roupa de tanto sorrir.
Minha mãe levantou as mãos e Haven se jogou em cima de mim, já que eu estava tão sem forças que havia me deitado no chão.
— Viu? Não mexe com essa dupla, mulher.
— Você vai ficar uma semana sem chocolate — brinquei.
Haven arregalou seus olhos, tão azuis, tão iguais aos daquele imbecil, mas ainda bem que ela acabou fazendo com que eu me esquecesse dele, senão a nossa noite estaria arruinada.
— Credo, mamãe! Você não sabe brincar?
Segurei o rosto de Haven entre minhas mãos e sem explicação, pegando-a completamente de surpresa, acabei dizendo:
— Eu amo você, meu amor!
Haven abriu um sorriso e vi seus olhos ficarem marejados. Aquela menina era sempre muito esperta, mas também extremamente emotiva, talvez a última parte tivesse puxado de mim e assim que se recompôs, sem deixar que suas lágrimas caíssem, acabou murmurando:
— Eu também amo você, mamãe!
Ela me abraçou forte e, por cima do seu ombro, percebi que minha mãe me encarava com os olhos semicerrados. A Sra. Morris não era nada boba e provavelmente sabia que algo estava errado, no entanto, não comentaria nada com ela agora.
Só queria aproveitar esse tempo com minha filha, pois não podia negar que estava sentindo medo de algo acontecer. Não sabia qual poderia ser a reação do ser que nem deveria existir

mais em minha vida, se ele descobrisse que eu escondi uma filha dele por anos.
— Bem, eu preparei o jantar. Vamos aproveitar que você chegou e comermos juntas?
Concordei com a ideia da minha mãe e fomos todas para a sala de jantar. Comemos em silêncio e agradeci por aquilo, pois não estava com a mínima vontade de comentar sobre o meu dia.
Só que como eu havia ensinado a Haven a falar sempre o que havia acontecido, quando ela deu a última garfada em sua comida, acabou dizendo:
— Vovó e eu fomos ao shopping e eu comprei um vestido de princesa.
Sorri para ela.
— Mais um, querida?
— Esse não é rosa, mamãe. Foi azul dessa vez.
— Ah! Pelo menos mudou a cor.
— E o seu dia, mamãe?
O certo seria dizer: "Bem, agora sou sócia do seu pai."
— Contratei uma garota que conheci esses dias. — Foi o que acabei dizendo. — Ela precisava de um emprego novo e parece ser bem legal. Quero ajudá-la, como não fui ajudada quando era jovem.
Haven sorriu para mim e agradeci por não ter mais nenhum questionamento.
Depois do jantar, nós nos sentamos na sala de TV e assistimos a um filme infantil até que minha pequena pegasse no sono. Assim que percebi que estava dormindo profundamente, eu a peguei em meu colo e a levei para seu quarto.
Deitei-a em sua cama, beijei sua testa e a cobri com sua manta. Deixei aceso o abajur em formato de lua, que ela amava, e por fim saí do seu quarto.
Olhei pelo corredor, ele estava silencioso e sem a presença da minha mãe. Talvez ela tivesse percebido que eu não quisesse companhia e eu agradeci por aquilo, pois realmente só queria um banho e tentar dormir para esquecer meu dia completamente maluco.
Antes de entrar em meu quarto, porém, surgindo como um fantasma ela disse:
— Quer conversar?

Levei um susto e em seguida coloquei a mão sobre o peito.
— Quer me matar do coração, mamãe?
— Não, querida! Quero saber se você precisa de ajuda.
Olhei em sua direção, bem em seus olhos e neguei.
— Só preciso descansar.
— Você sabe onde eu estou se precisar de algo.
— Eu sei.
Ela me jogou um beijo no ar e eu o retribuí. Entrei em meu quarto e soltei um suspiro.
Estava fodida mesmo, conversar não adiantaria de nada.
Só restava tentar dormir para encarar Dominic no dia seguinte.
O homem que evitei por dez anos, mas que agora veria todos os dias.
Eu não sabia o que minha vida havia se tornado, mas com certeza estava odiado meu destino.

Capítulo 19

Dominic

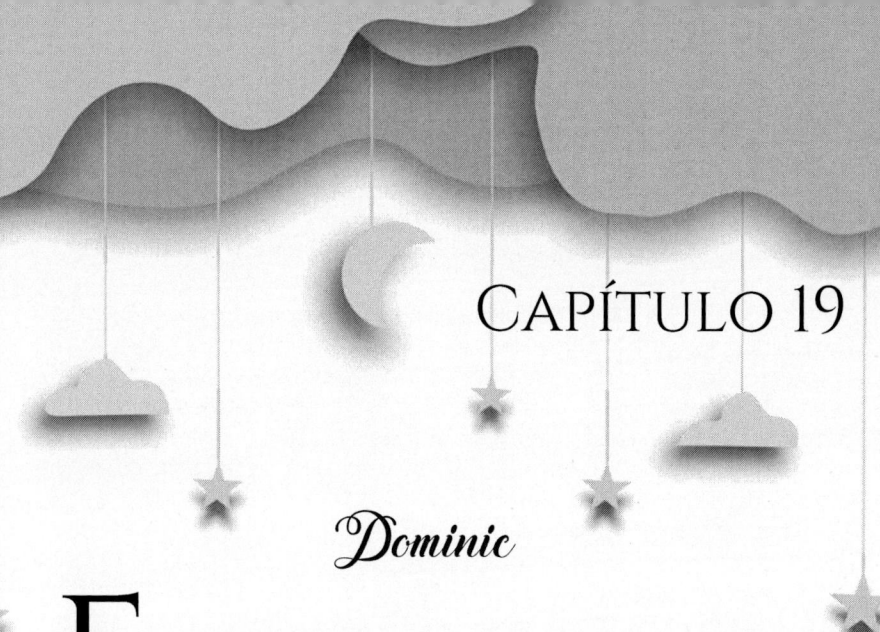

Era um erro ortográfico grave para uma empresa de advogados de conceito. Ainda mais para nós, que queríamos disputar com a concorrência. Se eu tivesse mandado aquele contrato para algum cliente estaria muito ferrado, já que teria perdido toda a credibilidade que construí durante anos naquele mercado.

Havia duas semanas que tínhamos feito nossa junção, o escritório de Hazel já havia se mudado para o meu, seus funcionários já se misturavam aos meus e eu já nem sabia mais quem era quem. No entanto, tinha completa certeza de que quem havia digitado aquele contrato não havia sido um dos meus, já que em todos os anos que estive sob o comando daquele escritório de advocacia, nunca tinha pegado um erro tão idiota quanto esse.

E nesse momento, depois de tanto relutar e evitar Hazel, eu não podia ficar de braços cruzados. Teria que atravessar o corredor imenso que nos separava para tirar satisfações. Se ela não se preocupava com a reputação da empresa, eu me preocupava e não seria o nosso passado que me impediria de encher seu saco com o perfeccionismo.

Naquelas duas semanas, tinha conseguido evitá-la, chegava mais cedo, saía mais tarde que o normal. Tudo para não encontrá-la nos corredores e muito menos nos elevadores, mas a hora era agora.

Teria de tratar de assuntos profissionais com Hazel Morris.

Levantei-me da cadeira, peguei os documentos e caminhei até a porta do escritório. Eu era um homem corajoso, tinha feito diversas coisas na vida e parecia que aquele único propósito que eu precisava tratar com a minha sócia, parecia difícil demais para mim.

Sim, as pessoas poderiam me chamar do que quisesse, mas era isso. Eu tinha certo receio de encarar Hazel e com toda razão. Fiz merdas no passado que não podiam ser apagadas e o seu último olhar para mim, ainda na sala de reuniões no dia da assinatura do contrato, provava aquilo.

Mas era a minha empresa e eu precisava mostrar a ela que as coisas deveriam ser perfeitas.

Abri a porta e comecei a caminhar na direção do seu escritório.

À medida que eu traçava o trajeto enorme do corredor que nos separava, percebi que as pessoas começaram a me encarar. Provavelmente elas já tivessem percebido que Hazel e eu não éramos melhores amigos, então talvez a minha ida à sua sala, fosse o evento da vez para eles.

Parei em frente à porta fechada, mas uma parte da parede de sua sala tinha um detalhe de vidro, que dava para observar o lado de dentro e eu não pude deixar de vê-la por um tempo, antes de bater na madeira para me anunciar.

Ela estava concentrada, digitando alguma coisa em seu notebook. O cabelo estava preso em um coque profissional, usava uma maquiagem leve, nada que marcasse muito a sua pele, até porque Hazel não precisava, pois era linda demais.

Uma camisa branca de seda era o que dava para perceber que fazia parte do seu vestuário do dia. Como estava sentada era impossível enxergar o que vestia, mas podia chutar que seria uma saia social preta.

Fechei meus olhos rapidamente, já que não tinha sido para aquilo que tinha ido ali e por fim bati à porta da sua sala. Seus olhos imediatamente saíram da tela do computador e pararam no detalhe de vidro.

Sabia que ela não havia colocado nenhuma contenção naquela parte, para saber exatamente quem queria entrar em sua sala e assim que me viu, franziu o cenho. Depois soltou um suspiro e fez um gesto, que parecia me autorizar a entrar.

Abri a porta e disse no mesmo momento:

— Bom dia, Hazel!

— O que você quer, Dominic?
Nada de cumprimentos, então.
Foi a minha vez de soltar um suspiro. Fechei a porta do escritório e vi os olhos de Hazel ficarem um pouco assustados e ali eu perdi um pouco da paciência que eu tinha.
Quem ela pensava que eu era?
— Não sei o que é essa expressão em seu rosto, mas pode tirá-la, já que vim falar sobre um contrato com você. E acho que não quer que todos os funcionários escutem, certo?
— Que contrato? — Ela não respondeu à minha pergunta.
Sentei-me na cadeira sem que fosse convidado e estendi os documentos para ela, mostrando onde estavam grifados os erros.
— Em todos os anos que já tomei a frente desse escritório, nunca vi erros tão grosseiros. Então, eu sei que foi algum dos seus funcionários. Eu espero que ache o culpado e o demita.
Hazel passou os olhos pelas linhas, depois os fechou lentamente e de novo os abriu.
— A pessoa que o digitou está em período de teste. Vou falar com ela, não vai se repetir.
Acho que ela não havia me escutado, na minha empresa não existiam segundas chances.
— Hazel, aqui na Carter Advogados, não tem conversa, somente demissão para erros. Quero essa funcionária no olho da rua, agora mesmo.
Quando fui encarado pela mulher que estava sentada à minha frente, percebi que começamos uma batalha que talvez eu não saísse o vencedor daquela vez.
As bochechas de Hazel ficaram vermelhas no mesmo momento e não era devido à timidez que tinha como antigamente, era perceptível que ela estava transtornada.
— Dominic Carter — esbravejou. — Espero que você entenda que esse escritório não é só seu e eu não vou demitir minha funcionária, por causa de um erro que é simples de resolver. Eu não sou como você, que joga as pessoas no lixo, como se elas não tivessem sentimentos ou não precisassem de emprego.
Hazel se levantou da cadeira no mesmo momento e até mesmo sua respiração estava alterada. Caminhou até a porta e a abriu.
— Saía daqui, agora, antes que eu faça coisa pior.

Eu tinha certeza de que estávamos sendo alvos de todos os olhares dos funcionários, mas era melhor fazer o que ela estava dizendo, antes que eu falasse algum tipo de merda.
Levantei-me da cadeira, mas meu gênio ainda era forte.
— Eu também mando aqui e se você não a demitir, vou marcar uma reunião com todos os acionistas para ver o que eles acham.
— Faça isso, que eu pago a multa da rescisão do contrato e deixo a sua tão amada empresa ir à ruína.
Eu realmente não conhecia mais a Hazel que estava à minha frente, só que a encarando daquela maneira, tão perto, vendo a revolta em seus olhos, só tive uma certeza.
Queria muito beijá-la.
E por isso, saí do seu escritório antes que cometesse uma loucura atrás da outra.

Capítulo 20

Hazel

Quem ele achava que era para entrar no meu escritório e começar a cuspir regras? Dominic não era 100% dono de nada e ele teria de aprender isso rapidamente. Não deixaria que ele fizesse nada com meus funcionários, muito menos com Lindsay que nem tinha começado direito no emprego.

Cameron e ela estavam sentadas nas poltronas em frente à minha mesa e elas me olhavam como se tentassem desvendar o que se passava em minha mente.

— Lindsay, aquele imbecil veio reclamar de alguns erros que estavam em alguns contratos e queria que eu a demitisse.

A garota ficou extremamente assustada e claro que eu fiquei com pena.

Ela estava tentando, usava até mesmo uma roupa formal, tinha até pintado o cabelo de castanho, o que achei uma ofensa, pois tinha amado o rosa que ela usava e sempre andava com ele amarrado em um rabo de cavalo.

— Eu juro que...

— Não precisa me jurar nada — cortei sua fala no mesmo momento. — Eu não vou demiti-la. Só peço para prestar mais atenção, pois não quero aquele escroto me enchendo novamente por causa disso. E mesmo sem querer ficar do lado dele, Dominic está certo, são documentos sérios que se clientes pegarem com erros, podem...

Nem terminei a frase, já que elas sabiam o que poderia acontecer.

— Olha, não sei o que aconteceu, mas acho que estão querendo sabotar o trabalho da Lindsay, porque eu revisei tudo o que ela fez e não tinha esses erros.

Cameron defendeu a menina e meus olhos passaram de uma para a outra.

— Eu sei que estou em experiência, então pedi uma ajudinha para Cam, nesse início. Espero que não ache ruim. Por isso, acho muito estranho terem surgido esses erros do nada.

— Aquele filho da puta!

Levantei-me abruptamente da minha cadeira, peguei os documentos e fui quase batendo os pés no chão.

— O que você vai fazer, Hazel?

— Esfregar os papéis na cara do Dominic. Quem ele pensa que é para acusar Lindsay? Vocês deveriam ter me contado isso antes.

— Acho que você precisa se acalmar, Hazel.

Olhei por cima do ombro para minha amiga e rosnei:

— Estou supercalma.

Saí da sala deixando as duas para trás e caminhei em direção ao escritório de Dominic. Ele chegou acusando a minha funcionária, sendo que ela nem tinha culpa. Pela minha cabeça, só passava que ele havia feito aquilo de propósito para me irritar ou demitir algum dos meus funcionários.

Parei em frente à porta do seu escritório e pouco me importei de ficar novamente dentro de uma sala fechada com ele. Seria mais forte e tentaria nem ficar olhando para sua boca desenhada e muito menos a barba cerrada que ele havia adquirido com aquele tempo.

Bati à porta e assim que ouvi a sua voz grossa autorizar minha entrada, adentrei o lugar que tinha a mesma fragrância que aquele ser carregava sobre seu corpo.

Assim que Dominic me viu, sua expressão concentrada mudou para uma curiosa e percebi até mesmo seu cenho franzir. Era melhor ele se preparar, pois teria de me ouvir.

— Aconteceu algo, Hazel?

— Ah, como aconteceu! — afirmei.

Bati a porta atrás de mim e caminhei decidida até a frente da sua mesa, jogando os mesmos papéis que ele tinha levado mais cedo para a minha sala.

— E você vai me explicar...
— Claro que vou, Dominic! — esbravejei, sem me importar se minha voz reverberasse pelo lado de fora. Ele voltou a me encarar, já que seus olhos haviam pousado nos papéis e fechou a expressão. — Você chegou acusando minha funcionária de um erro, exigindo que ela fosse demitida e adivinha o que descobri?

Ele até tentou falar alguma coisa, mas não permiti, pois estava possessa demais para deixá-lo tomar o controle da situação.

— Esse contrato passou por revisão, estava sem erro. Então tenho absoluta certeza de que ele foi sabotado, e foi aí que uma luz surgiu na minha mente. A que ponto você quer chegar? Que merda quer fazer? Provar o quê? Agora vai sabotar documentos para dizer que é melhor do que eu em mais alguma coisa?

Estava vendo vermelho e talvez eu começasse a dizer coisas que não podia.

E nesse momento Dominic se levantou de sua cadeira e antes mesmo que eu pudesse continuar com meus ataques ele contornou sua mesa e estava parado à minha frente.

— Eu posso ser qualquer coisa, mas não sou um criminoso, nunca faria algo do tipo.

Sorri com escárnio.

— Não acredito em você, Dominic.

— Mas deveria, pois agora essa empresa é nossa, e eu nunca a prejudicaria para provar nada.

— Espero mesmo que isso seja verdade, pois se você fizer qualquer coisa para nos prejudicar, eu juro que dessa vez quem sairá por cima serei eu.

Ele cerrou seus dentes e rosnou baixinho, fazendo com que minha pele se arrepiasse:

— Pare de pensar que eu sou um filho da puta dessa maneira.

— Não tem como parar de pensar, quando eu mesma sei que você é.

Não desviei meus olhos dos seus por nenhum momento, estávamos muito próximos e somente naquele momento percebi aquilo, já que sua respiração tocou meu rosto, fazendo com que eu sentisse seu hálito quase grudando no meu e quase implorando para que minha boca grudasse na sua.

— Hazel, já se passaram dez anos, mas eu tenho de dizer algo a você.

— Só fale comigo a respeito da empresa.
— Mas preciso dizer que aquele dia foi tudo um engano, eu...
Só que Dominic não teve chance de terminar de me dizer mais nada, afinal a porta do seu escritório foi aberta abruptamente e Cameron entrou, desesperada, o que agradeci mentalmente, já que pude me afastar de Dominic.
Olhei para ela e o homem ao meu lado a encarou com um pouco de raiva. Provavelmente por ter sido interrompido.
— Hazel, você precisa correr para o hospital.
Essa frase acabou com meu coração, afinal suas batidas aumentaram drasticamente. Minhas mãos ficaram trêmulas no mesmo momento e eu só esperei pelo pior.
— Aconteceu um acidente com Haven.
E foi assim que nada mais importava. Saí correndo do escritório de Dominic.
Eu só queria ver minha filha.
Meu brotinho precisava de mim.
Só esperava que minha menina ficasse bem.
Mesmo sem saber o que era, eu já estava chorando...
Filha...

PARTE 3
Descoberta

Capítulo 21

Dominic

Quem era Haven? Eu não sabia quem era, mas talvez eu não gostasse dessa pessoa, já que ela atrapalhou o meu momento com Hazel. Estávamos tão próximos que se eu estendesse minha mão tocava em seu rosto, mas Haven estava no hospital e isso fez com que Hazel ficasse tão desesperada que saísse correndo loucamente.

Depois, parando de pensar em mim, até pensei que essa tal Haven podia estar em perigo no hospital e fiquei me sentindo um pouco mal por não ter pensado nisso antes, de desejar o mal para a pessoa.

Antes que Cameron pudesse sair do meu escritório, indaguei:

— Quem é Haven?

A namorada do meu amigo, que não sorria mais quando me via e eu imaginava que isso tivesse a ver com sua amiga não gostar nadinha de mim, me encarou com a expressão fechada, mas era nítido que ali também havia um pouco de preocupação.

— Em que mundo você vive?

— No mesmo que o seu? — Estava cheio de sarcasmo.

Cameron revirou os olhos, mas acabou respondendo.

— A filha da Hazel.

Acho que se eu tivesse levado um soco teria ficado menos surpreso do que com essa informação. Assim que Cameron murmurou as palavras, saiu do meu escritório como se não tivesse me dito nada.

E eu fiquei estático, como se a informação que ouvi fosse a de que o fim do mundo estava próximo ou algo do tipo. Hazel tinha uma filha?

Caralho!

Agora ficava mais claro o motivo de ela parecer tão abalada com a informação de que a garota estava no hospital.

Balancei minha cabeça, no entanto, parecia ainda mais mentira.

Puta que pariu!

Uma filha!

Mãe solteira?

Será que ela mantinha contato com o pai?

Será que ela namorava?

Quantos anos será que sua filha tinha?

Passei minhas mãos por meu cabelo, pois estava completamente curioso, mas ao mesmo tempo chocado com aquela informação.

Nunca esperava ouvir aquilo.

— Cara, todo mundo está comentando da sua discussão com Hazel. — Jason entrou no meu escritório, mas ao perceber meu choque ele acabou indagando: — O que foi? Ela chutou suas bolas?

Encarei meu amigo e não resisti.

— Você sabia que Hazel tinha uma filha? — indaguei; minha voz era mais como um sussurro.

— Ih, cara!

Jason olhou para trás e acabou fechando a porta do escritório atrás de si.

— Essa é uma história que Cameron me contou, mas ela sempre disse que não podia comentar, porque Hazel não gosta que falem. Enfim, parece que ela engravidou ainda jovem e o cara terminou com ela, a garotinha tem uns nove anos.

E foi nesse momento que eu perdi a força das minhas pernas e, para disfarçar o meu estado, me sentei em minha cadeira.

O quê?!

Meu corpo todo gelou, meu sangue parecia que havia parado de circular em minhas veias.

— Por que você está perguntando? — Jason se sentou na cadeira em frente à mesa e me encarou.

— A filha dela parece que se machucou e eu nem sabia que tivesse uma.

— Ah!

Meu amigo pareceu se lembrar de algo, então pegou o celular que estava no bolso da sua calça, mexeu na tela e logo voltou o aparelho em minha direção.

— Aqui. A Cam me enviou essa foto de um dia que Haven passou com ela fazendo compras. Olha que fofinha.

Minhas mãos estavam trêmulas, já que pensamentos errados passavam por minha mente. Afinal, engravidar ainda jovem... e o cara a abandonar...

Não. É claro que aquilo não era real.

Respirei fundo antes de olhar a imagem, só que assim que vi a foto, eu tive a completa certeza de que Haven era minha...

Minha...

Não...

Haven era minha filha.

Olhos, formato do rosto, cabelo e somente o sorriso e as covinhas de Hazel. Pessoas que não estavam acostumadas, podiam não ver as semelhanças, mas eu sabia reconhecer os traços da minha família e ali estavam naquela garotinha.

Eu havia terminado com Hazel e ela estava grávida.

Puta que pariu!

Eu abandonei a Hazel grávida.

Eu tinha uma filha!

E eu abandonei as duas!

Fechei os olhos e chorei. Havia muito tempo que eu não chorava, a última vez foi quando vi Hazel caminhando pela calçada, indo embora para sua casa, saindo do meu carro para nunca mais nos vermos.

Dessa vez era por eu descobrir que, além de ser o pior homem que ela pôde amar, eu também fui o pior ser humano do mundo.

Chorei!

E nada poderia segurar minhas lágrimas.

Eu precisava pedir perdão para Hazel e agora... Para Haven, a garotinha que eu tinha certeza de que era minha filha.

Capítulo 22

Hazel

Não tinha sido nada grave, mas para uma mãe, ver sua filha com um galo enorme na cabeça era quase como se fosse o fim do mundo. Pelo que me tinha sido relatado, Haven estava andando de patins quando caiu e bateu a testa diretamente no chão.

Claro que a minha filha estava de capacete, mas, mesmo assim, não evitou que ela batesse com a cabeça no piso.

Ela já estava bem, somente com o galo e um arranhão na testa, porém o curativo que havia sido feito no hospital tapava a marca. Tínhamos acabado de chegar a nossa casa e minha mãe continuava inconsolável por achar que a culpa era dela.

— Vovó, eu só caí. Vai ficar tudo bem — Haven tentou acalmá-la.

— Isso mesmo, mamãe. Esses pequenos acidentes acontecem mesmo, ainda mais quando uma criança é tão arteira quanto Haven.

Minha menina sorriu sem graça.

— Fiquei tão apavorada quando a vi caindo e aquele sangue...

Minha mãe continuava nervosa e por isso coloquei minha mão sobre seu ombro e murmurei:

— Vou fazer um chá para a senhora.

E foi o que fiz em seguida. Ela precisava se acalmar, pois não queria parar no hospital novamente, daquela vez para levar minha mãe para tomar algum calmante na veia.

Logo que percebi que mamãe estava mais calma, consegui dar toda atenção que Haven merecia nesse momento. Porque ela também não tinha culpa de ter acontecido aquilo, foi um tombo que as crianças normalmente levam.

— Está doendo, meu amor? — Peguei meu brotinho e a sentei em meu colo.

— Não, mamãe.

— Você sabe que não precisa mentir para a mamãe, não é?

— Não estou mentindo. Doeu na hora, mas agora eu só estou querendo dormir.

— Mas você sabe que não pode, não é?

Haven assentiu e eu sorri para ela, porém nosso momento foi cortado quando a campainha de casa tocou. Não esperava por ninguém, mas provavelmente deveria ser Cameron, já que ela sempre se preocupava demais com Haven.

Fui deixar minha menina no sofá, no entanto, ela deveria estar um pouco carente devido ao tombo, pois não quis se desgrudar de mim.

— Vou ter de carregar uma menina desse tamanho até a porta? — brinquei.

E os olhos azuis perspicazes me encararam de forma carinhosa, depois um leve sorriso se abriu na boca de Haven e ela assentiu.

— Tudo bem! Eu faço esse esforço.

Peguei minha menina em meus braços e caminhei até a porta.

— Filha, eu posso atender.

— A senhora fica sentada, descansando para se acalmar mais — repreendi minha mãe e voltei em direção à porta e a pessoa insistente tocou a campainha novamente.

Assim que abri a porta com Haven apoiando a cabeça em meu ombro, eu quase perdi a força em meus braços e deixei minha menina cair no chão. Por sorte, consegui tirar forças, não sabia de onde e consegui segurá-la ainda mais forte.

Comecei a hiperventilar e minha filha levantou a cabecinha do meu ombro e me encarou, logo voltou seus olhos para o homem parado de frente para nós e ele nos encarava tão em choque quanto eu.

O que Dominic estava fazendo aqui?!

Por que ele estava aqui?

Não, Deus!

Por tanto tempo escondi dele meu grande segredo. Nesse momento, não era certo... Ele não podia estar tão perto do meu brotinho, da minha paz, do meu porto seguro.

Não aquele monstro que em tudo que tocava estragava, destruía, transformava em cinzas.

— Tive de ver com meus próprios olhos para ter certeza.

Aquelas foram as palavras que escaparam dos seus lábios, já que eu não conseguia dizer nada. Os olhos de Dominic estavam vermelhos e ele parecia ter chorado.

O que teria acontecido para ele estar nesse estado?

— Mamãe, quem é? — Haven sussurrou ao meu lado, mas deu para Dominic ouvir.

Ele até abriu a boca para falar algo, mas só fiz um gesto para que ele não dissesse nada. Por sorte, parecia que aquele imbecil colaboraria comigo, já que se aquietou no mesmo momento.

Dominic encarava Haven, parecendo que ela era algo precioso demais. Só que por dentro eu queria furar seus olhos para que ele nunca pudesse olhar para minha filha, para que ele não levasse infelicidade para minha menina.

— Filha, acho que você tem de ficar com a vovó.

Minha mãe provavelmente percebeu que algo estava errado, já que logo senti sua presença atrás de mim e ela não disse nada ao pegar Haven dos meus braços.

— Vovó, ele é o namorado da mamãe? — Haven sussurrou para minha mãe, só que ela não sabia falar baixo, então Dominic e eu escutamos tudo.

— Não, querida! Mas vamos preparar um lanche, já que chegamos do hospital e não comemos nada, não é mesmo?

E com isso as duas se afastaram e não deu mais para ouvir o que falavam.

Meus olhos não se afastaram por nenhum momento de Dominic, pois eu tinha medo do que ele pudesse fazer com minha filha. Parecia que se eu perdesse aquele homem de vista, ele arrancaria minha menina de mim e aquilo era a única coisa que eu não aguentaria do mundo.

— Precisamos conversar, Hazel. — Sua voz estava mais grossa do que de costume.

— Não acho que precisa... precisamos — gaguejei.

— Tem certeza? Porque o que acabei de ver só me prova que eu preciso de uma explicação, que provavelmente tenha nove anos.
— Não sei do que está falando. — Tentei blefar.
— Hazel, eu preciso contar a verdade sobre aquele dia, talvez assim, você pare de me tratar dessa forma e me explique o motivo de ter... — Dominic deu três passos em minha direção e parou bem em frente a mim, tão próximo que mesmo que eu estivesse de salto, precisei olhar para cima para encará-lo e por fim sussurrou: — Ter me escondido que eu tive uma filha com você.
Ele percebeu tão fácil, mas como?
Eles eram semelhantes, mas onde ele a viu?
Que inferno!
Minha vida estava ruindo e novamente era devido a Dominic Carter.

Capítulo 23

Dominic

Pessoalmente a garotinha era ainda mais linda. Parecia uma boneca de porcelana intocada, mas que eu precisava tocar para ver se era real.

Eu sempre tive o sonho de ter uma família, porém nunca me encaixei com ninguém e no momento que vi Hazel, segurando nossa filha em seus braços, eu soube o motivo.

O grande motivo de eu nunca querer um relacionamento foi porque a única mulher que sempre quis tinha sido Hazel. E nesse momento, além de querê-la ainda mais, mesmo negando, eu queria conhecer minha filha, queria que elas percebessem que eu podia ser um homem bom e não o traste que Hazel conheceu anos atrás.

Tirando meu foco do seu rosto, Hazel olhou para o relógio de pulso e assentiu.

— Podemos conversar, mas não aqui. — Sua voz estava meio trôpega, só que mesmo assim, continuou dizendo: — Vamos aproveitar que o pessoal já deve estar indo embora da empresa e vamos para lá.

— Se eu sair daqui e você não aparecer na empresa, Hazel, eu voltarei à sua casa.

— Sou uma mulher de palavra, Dominic. Diferente de você.

Preferi ficar em silêncio, afastei-me de Hazel e caminhei até meu carro. Entrei no automóvel e percebi que ela havia deixado a porta aberta. Aguardei um pouco para ver se ela voltaria para

entrar em seu carro e quando o fez, dei partida no meu e fui para a empresa.
Seria hoje que revelaria a Hazel toda a verdade do nosso passado.
Dirigi pelas ruas de Miami e assim que cheguei ao escritório a noite já se fazia presente e agradeci por isso. Os funcionários já teriam ido embora e eu poderia conversar com Hazel em paz, sem que nenhum deles nos perturbasse.
O estacionamento da empresa estava completamente vazio e assim que estacionei o carro na minha vaga de costume, vi os faróis do automóvel de Hazel iluminarem o lugar, ela fez o mesmo que eu e logo estávamos caminhando em direção ao elevador.
Tinha um esperando por nós e ainda bem que Hazel não relutou em entrar nele, em minha companhia. Subimos para o andar dos nossos escritórios, mas não deixei em nenhum segundo que meus olhos visualizassem algo que não fosse aquela mulher que ainda tinha toda minha atenção.
Passei os últimos dez anos tentando visualizar em qualquer mulher que passava em minha frente algum traço de Hazel e nenhuma delas tinha nada parecido com ela. Até porque aquela menina, já que para mim, Hazel sempre seria minha menina, era única e eu podia parecer um cachorrinho ao assumir aquilo, mas era a única verdade.
Quando as portas do elevador se abriram, Hazel saiu caminhando na frente, porém, deixei claro antes que se afastasse.
— Vamos conversar no meu escritório.
Ela parou no meio do caminho e voltou na minha direção. Encarou-me com ódio nos olhos, só que eu não sabia o que havia mudado, no entanto, Hazel aceitou fácil demais e caminhou em direção à minha sala.
Entramos sem problemas e aproveitei para fechar a porta. Ela ficou em pé, mas depositou sua bolsa no sofá que ficava em um lado adjacente do que eu estava.
Cruzei meus braços, encostei-me na porta e apoiei um dos meus pés na madeira. Hazel ficou de costas para mim, olhando para a janela que dava vista para o mar.
— Agora percebi que seu escritório tem uma vista incrível — constatou.

— O seu também tem — respondi, sem dar muita importância para aquilo.
Ao perceber que ela não falaria nada se eu não puxasse assunto, fui direto ao ponto.
— Por que esconder por anos que eu tive uma filha com você?
Ela respirou fundo e só naquele momento se virou para me encarar.
— Por que não esconder?
Não queria respostas com outras respostas.
— Eu tinha o direito de saber. — Mantive a calma, porque não queria que brigássemos, quando aquela era a primeira conversa civilizada que estávamos tendo depois de nos reencontrarmos.
— Dominic, você não tinha direito algum. Se não se lembra o que fez, eu me lembro bem, então aquilo já era a prova viva do que eu precisava para que você nunca soubesse de Haven.
Meu erro esfaqueava meu coração.
— Não sente culpa por tê-la mantido afastada do pai?
— De jeito nenhum! Minha filha nunca sentiu falta da figura paterna, pois sei suprir muito bem isso. Ela nunca precisou de um homem idiota cuspindo regras para ela. Haven é feliz e eu sou a mulher mais feliz do mundo, por ter tido a filha mais perfeita do Universo.
— Não sou um monstro, Hazel.
— Para mim, você é. E monstros não chegam perto de princesas e Haven é a princesa que criei para acreditar em um mundo mágico e se um dia um carinha qualquer, o mais popular do colégio quiser pisar no coração dela, eu vou ensiná-la que pode doer, mas que as pessoas conseguem se reerguer. Que ninguém morre por amar demais, como eu pensei que morreria.
A última parte foi dita entredentes e Hazel me encarava com tanto ódio, que não tinha como não concordar com ela. Já que o que fiz anos atrás não tinha como ser perdoado se eu não contasse a verdade.
— Eu fiz aquilo para seu bem.
O sorriso cheio de sarcasmo que Hazel abriu me machucou, pois ali ela mostrava o quanto não acreditava em uma palavra que eu dizia.
— Dominic, não me faça rir.

— Hazel, ou eu terminava com você para ficar com Nicole, como meu pai queria, ou um vídeo de nós dois fazendo sexo, aquele dia na escola, seria espalhado para todos.

O sorriso que estava no rosto de Hazel morreu no mesmo momento.

— O quê?

Nunca me esqueceria daquele dia.

— Nicole me filmou fazendo amor com você e mandou para meu pai e o meu próprio pai espalharia o vídeo se eu não fizesse o que ele quisesse. Foi por isso que terminei com você.

O silêncio recaiu sobre o escritório e dessa vez eu percebi que havia pegado Hazel de surpresa.

Sim, eu também tinha sido pego de surpresa.

E sofri como um condenado ao ter que fazer uma escolha que nunca quis para proteger quem eu amava.

No entanto, para que o nome de Hazel não ficasse malfalado na escola, eu tomaria todas as decisões erradas para que eu sofresse, mas que ela ficasse com sua imagem limpa.

Hazel era meu doce e eu sempre cuidaria dela.

Capítulo 24

Hazel

Não dava mais para esconder sobre Haven, até porque não tinha como mentir em algo que ele já sabia. Antes de sair de casa, avisei minha mãe que precisava ir a uma reunião na empresa, mas ela sabia que não era isso.

— *Tome cuidado!* — Foram as palavras que ela me disse antes de eu sair.

Só que a informação que eu tinha acabado de receber havia me desestabilizado por completo.

— Você está dizendo que...

Não consegui terminar de dizer as palavras, pois era muito ilógico o que estava ouvindo. Dominic continuava encostado na porta, com a expressão triste, desolada e eu não conseguia acreditar no que ele dizia.

Mesmo se fosse verdade, eu me senti tão enganada por esse homem que tudo o que ele dizia parecia ser mentira.

— Que aquele dia, eu me tornei outro homem, para proteger você. Foi tudo encenação. E se eu pudesse voltar atrás, eu não mudaria nada, já que não queria que seu nome ficasse exposto na boca de outras pessoas.

Senti minhas pernas fraquejarem, mas não sentaria. Não mostraria para o inimigo que ele podia me abalar tão facilmente, não com tão poucas palavras.

— Eu só queria que tivesse me contado que você engravidou, porque você até poderia negar, mas a garota é a minha cara Hazel. E você a escondeu por dez anos de mim.

Daquela vez, Dominic se afastou da porta e caminhou um pouco mais perto de onde eu estava. Se eu não soubesse que ele podia me machucar com tão poucas palavras, até acreditaria na dor que via em sua expressão.

— Eu não tinha de contar nada a você. Eu me lembro de tudo que me disse naquele dia, você me feriu, destruiu meu coração e não demorou nada para estar namorando Nicole e agora quer dizer para mim que tem um vídeo? E espera mesmo que eu acredite?

Dominic passou suas mãos por seu cabelo, que ainda parecia tão sedoso e alguns fios caíram sobre seu rosto, assim que me olhou sua expressão tinha mudado um pouco.

Além da tristeza, agora também havia raiva.

— Você sabe que se eu quiser, posso ser um filho da puta e entrar na justiça por você ter feito isso, não sabe?

Sabia que, mais cedo ou mais tarde, ele mostraria sua verdadeira face. E aquela ali, era a que me lembrava, a mesma do dia que me humilhou...

— Nem ouse me ameaçar, Dominic. Você me abandonou, jogou tudo para o alto.

— Eu já disse que tive meus motivos. Queria proteger você, não percebe?

— Que merda de proteção foi aquela? De que me escondia de todos, que assim que pedi para me assumir você me chutou. Que conveniente vir com essa história agora de vídeo, não é mesmo? Seu pai nem mesmo está vivo para se defender.

Dominic socou sua mesa que estava próxima de nós e eu me sobressaltei.

— Não defenda aquele ser imundo que fez com que eu me afastasse de você por puro capricho dele.

Eu poderia estar parecendo infantil, mas não acreditava em nenhuma das suas palavras.

— Quem me afastou foi você, que disse na minha cara que não me amava. Que eu tinha sido somente uma foda. Que fez com que eu me sentisse um lixo. E foi por todos esses motivos, foi por todas aquelas palavras que ouvi saindo da sua boca, que prometi que você nunca conheceria Haven. Mas o destino, sendo sempre o pior do mundo, me colocou novamente no seu

caminho e para piorar nos tornou sócios. Só que eu não quero que você chegue perto da minha filha.
Os olhos dele estavam marejados?
— Eu a afastei, por amá-la demais!
Meu coração saltou alguns obstáculos ao ouvir aquela confissão, que foi mais como um sussurro. Como se Dominic estivesse com dificuldade de falar as palavras, que pareciam estar guardadas por muito tempo dentro do seu peito.
— Eu não queria que você tivesse seus sonhos destruídos, por isso, acatei o que meu pai pediu. Era um fraco, que nunca teve coragem de enfrentar aquele homem de frente, não deveria ser assim, mas me senti em paz quando ele morreu.
Dominic levantou suas mãos lentamente e parou a alguns centímetros de mim.
— Tenho como provar que o vídeo é real. Se quiser, eu posso mostrar.
— Não quero ver nada. — Recuei dois passos. — Eu vim aqui para conversarmos sobre Haven. Sim, Dominic. Tivemos uma filha, linda, saudável, que é a sua cara e que todos os dias me lembra de que eu nunca deveria ter aceitado aquela maldita carona que você me ofereceu. Só que eu sou a mulher mais feliz desse mundo por ser a mãe daquela garota, ela trouxe uma felicidade para a minha vida, que eu nunca pensei que teria novamente. Sei dos seus direitos, mas talvez se você se colocar no meu lugar, entenda o motivo de eu ter escondido a verdade de você. Se é que o que diz é verdade.
Não podia me deixar abalar por palavras bonitas depois de anos. O que estava feito, estava feito e era isso.
— Hazel, eu...
— Eu posso permitir que você a veja, mas não será hoje, nem amanhã. Será o dia que ela quiser, vou contar a ela sobre você. E será uma decisão dela, porque minha filha tem direito de escolha.
Dominic abaixou suas mãos e naquele momento ele assentiu, percebendo que a batalha estava ganha e seu lado não era o vitorioso.
— Se ela aceitar conhecer você, eu só posso lhe dizer que terá a experiência mais incrível da sua vida. Porém, eu também preciso deixar claro que, se a minha filha derramar uma lágrima de tristeza, se você fizer com que ela sofra, eu não tenho medo de mostrar o amor de uma mãe. Eu acabo com você, Dominic.

Dei as costas para ele, peguei minha bolsa em cima do sofá do seu escritório e por fim saí da sua sala. Segurando o choro, porque não queria me quebrar antes de chegar ao carro.

Meu salto batia no porcelanato e o som ecoava pelo lugar. Ainda bem que não tinha ninguém ali, pois eram informações demais. O elevador por sorte estava no andar, já que ninguém o havia chamado, mas antes mesmo que eu pudesse chegar a ele, tudo mudou.

— Hazel! — Ouvi o grito do Dominic e olhei por cima do meu ombro.

Estávamos separados pelo corredor enorme que levava da sua sala para o escritório. Se fosse um filme a cena não se pareceria tanto com a de um.

Dominic veio correndo em minha direção e assim que estava à minha frente, ofegante, e com lágrimas ainda escorrendo por seu rosto, ele grudou uma de suas mãos na minha cintura e puxou meu corpo para seu com uma força exagerada, fazendo até que um gemido escapasse dos meus lábios.

— Eu ainda não terminei de falar com você.

— Mas eu... — Tentei responder.

— Silêncio! — rosnou. — Eu fiz o que fiz por amar você. Faria de novo, se fosse para protegê-la. Nesses dez anos eu não a esqueci, nunca consegui ficar com nenhuma mulher, pois só pensava em você. Sou, sim, um idiota por não ter ficado com você, mas ainda bem que nos reencontramos. Não vou julgá-la por ter escondido minha filha, mas neste momento, eu vou fazer uma coisa que a deixará com raiva, possessa e talvez eu até leve um tapa ou um soco. Não me importo! Eu quero isso há tanto tempo, que chega doer, Hazel Morris.

Dominic mal terminou de falar e quando percebi o que faria, tentei me afastar, mas ele continuou me segurando.

— Domin...

Mas a minha fala foi cortada no momento que sua boca tocou na minha.

Todas as lembranças vieram à minha mente... O garoto popular, lindo, do sorriso encantador, a carona que mudou nossa vida, o nosso lugar secreto no parque da cidade... Meu primeiro orgasmo, meu primeiro amor, meu primeiro homem, meu único homem.

A destruição do meu coração.

Só que mesmo que eu tentasse me afastar, sua boca parecia mais macia do que da última vez que a provei, sua língua mais voraz, a barba fazendo cócegas em minha pele. A mão em minha cintura me apertando mais em seu corpo.

Pensei que estava curada de Dominic Carter, mas aquele homem provavelmente seria meu vício pelo resto da vida.

Capítulo 25

Dominic

Por isso ela sempre seria meu doce.
Seu sabor continuava o mesmo.
Doce, maravilhoso, completamente do jeito que eu me lembrava.

Minha língua brincou com a sua, enquanto a minha mão desceu um pouco mais por suas costas e chegou à curva da sua bunda.

Eu a queria tanto que chegava a doer, no entanto, quando apertei a carne que estava em minhas mãos, Hazel espalmou suas mãos em meu tórax e me empurrou para longe dela.

Naquele momento, nós dois estávamos ofegantes. Os olhos de Hazel pareciam até estarem mais verdes e eu não resisti a sorrir de lado, quando vi seus lábios vermelhos e inchados do nosso beijo.

E como eu previ, o tapa veio parar em meu rosto. Estalou, ardeu, mas eu não me importei em nenhum segundo.

— Você não tinha esse direito! — gritou e entrou no elevador.

Eu fui atrás, pois já estava me fodendo pelas boas maneiras. Tínhamos diversos assuntos para tratar e não ficaria com meus braços cruzados.

— Sai daqui, Dominic.
— Não vou sair.

Apertei o botão da garagem e assim que as portas se fecharam, no mesmo momento apertei o que travava o elevador.

— Agora não tem como você escapar.

— O que você está fazendo?
— Matando a saudade!
Prensei Hazel na parede gelada do elevador e deixei meu rosto à altura do dela.
— Eu não quero você perto de mim.
— Eu amo você, Hazel Morris!
Hazel continuava com sua expressão fechada, mas eu podia ver seus lábios passeando por minha boca.
Beijei sua bochecha e ela fechou os olhos.
— Diz para mim que não quer me beijar, que eu destravo o elevador.
— Eu odeio você, Dominic!
Sorri novamente e mordi o lóbulo da sua orelha. Hazel se remexeu e passei minha língua pelo seu pescoço.
— Fiquei dez anos sem transar com ninguém, sabia?
Ela não respondia, mas me olhava como se duvidasse das minhas palavras.
— Pode perguntar a Jason, somos amigos desde a faculdade. Ele sabe toda a merda que vivo, por causa da única mulher que amei e que fui obrigado a abandonar.
Encostei meus lábios sobre os seus, mas no mesmo momento me afastei para não aprofundar mais o nosso contato.
— E Nicole? — Hazel quis saber.
— Dei um único beijo nela, no dia do baile. Depois daquilo exigi estudar fora do estado e meu pai acatou, nunca mais tive contato com ela. Pelo que sei, ela mora em Paris ou algo assim.
Hazel assentiu, passou sua língua por seus lábios, mas não deu o braço a torcer.
— Agora vamos descer.
— É isso que quer?
Seus olhos gritavam que não.
— Dominic, eu quero você longe de mim. — E ela dizia outra coisa.
— Tem certeza?
— U-hum!
— Tudo bem!
Beijei sua testa e fui me afastar de Hazel, no entanto a atmosfera que já parecia quente demais mudou completamente

quando ouvi sua bolsa cair no assoalho do elevador. Sua mão segurou meu braço e eu voltei meus olhos para os seus.
Fogo... Era aquilo que tinha ali.
— Eu odeio você, Dominic! — repetiu.
— Também me odiaria no seu lugar.
Voltei na direção de Hazel e quando menos esperei, ela grudou seus lábios nos meus. Minhas mãos desceram por sua bunda, eu precisava senti-la.
Era muito tempo sem tocar em uma mulher, ou melhor, era muito tempo sem ter desejo de tocar uma mulher, como eu tinha por Hazel. Peguei-a no meu colo e subi sua saia, para que suas pernas se entrelaçassem em minha cintura.
Sua boca continuou engolindo a minha, e claro que não parei de retribuir o gesto. Meu pau foi ficando cada vez mais duro e quando percebi, já estávamos nos friccionando um no outro.
Nós nos afastamos para respirar e trocamos um olhar de puro tesão. Ali só havia desejo, vontade de nos libertarmos.
Uma das minhas mãos foi parar nos botões da camisa de Hazel e quando percebi, já os havia arrancado, com brutalidade, já que não dava para ser calmo naquele momento.
Assim que o sutiã meia taça apareceu com o mamilo, estava surgindo pela renda transparente, quase gozei ali mesmo. Abaixei a peça rapidamente, também minha cabeça, e suguei seu seio, sempre perfeito, feito para mim.
— Dom... — Hazel gemeu meu nome
Sem perder tempo levei a mesma mão que arrebentou seus botões para o meio de suas pernas e a encontrei usando uma calcinha de renda que afastei para o lado e passei dois dedos pela sua boceta molhada.
Lambi seu mamilo uma última vez, antes de levantar meu rosto e focar o seu, que estava corado. Hazel mexia seus quadris, enquanto levei um dedo para dentro dela.
— Apertada e molhada, do jeito que me lembro.
— Não quero que fale nada. Só me fode, Dominic.
Sua fala me pegou completamente de surpresa, pois eu pensei que ela queria carinho, mas pelo jeito seria só para aplacar nosso tesão.
Desci Hazel por um momento, peguei a carteira que estava no casaco do meu terno, aproveitei para tirá-lo e arrancar minha camisa, já que ali estava ficando ainda mais quente.

Daquela vez, tinha me tornado um cara responsável, peguei um preservativo e assim que desci minha calça e abaixei minha boxer desenrolei a proteção sobre meu pau, que já estava quase implorando para ser enterrado dentro de Hazel.

Ela levantou mais a sua saia e desceu sua calcinha por suas pernas. Devorei sua boceta com meus olhos e não resisti.

— Sei que quer ser fodida, mas eu vou chupar você.

Ajoelhei-me à sua frente, levantei uma de suas pernas, apoiei em meu ombro e levei minha boca à sua vagina molhada e deliciosa.

— Ah! — Hazel gritou, assim que minha boca estava sobre ela.

Meus olhos não saíram dos seus e eu a suguei com força e desespero.

Até que seu orgasmo veio completamente para minha boca. Hazel apoiou a cabeça na parede do elevador e ainda gozava, quando me levantei rapidamente e me enterrei nela.

Seu grito provavelmente deu para ser ouvido em todo o prédio, mas eu não me importava. Se tivesse alguém ali, que soubessem que eu estava fodendo minha mulher.

E eu a fodi ali mesmo, com Hazel gritando e eu não estava muito diferente.

Aproveitei para beijá-la, porque sabia que, assim que isso acabasse, provavelmente nós fingiríamos que não havia acontecido.

Ela se afastou do meu beijo e gritou, arranhando minhas costas com suas unhas.

— Mais forte, Dominic.

— Você está louca para gozar no meu pau, não é mesmo?

— Sim — admitiu com um gemido.

E eu fiz o que ela pediu, com mais força, mais bruto. Segurando seu corpo em minha cintura e sentindo sua boceta apertada me engolir por inteiro.

Estava no paraíso, era isso que eu achava.

Fodam-se nossos problemas! Depois nós os resolveríamos.

Quando ela gozou novamente, também não demorei muito e me derramei por completo dentro dela.

Ficamos nos encarando ofegantes por um tempo, enquanto nos recuperamos do que tínhamos acabado de fazer.

— E agora? — indaguei.

— Vestimos nossas roupas e vamos para as nossas casas. Normal!
— Hazel...
— Dominic, foi somente sexo. Só abri as minhas pernas e pedi para me foder. Não seja mimado e queira mais que isso.

Saí de dentro dela no mesmo momento em que ela usou as mesmas palavras que lhe disse naquele dia. Assim que me afastei, ela pegou sua bolsa, uma caixa de lenços umedecidos, limpou-se e se vestiu.

Nem me olhou mais, muito menos me encarou para ver se eu já tinha me vestido. Destravou o elevador e ele desceu para o estacionamento.

Quando as portas se abriram, Hazel saiu e caminhou até seu carro, como se nada tivesse acontecido.

Eu sabia que seria somente sexo, mas não precisava ter sido daquela forma.

Seria difícil amolecer o coração daquela mulher.
E eu ainda tinha uma filha para conhecer.
Bem... Que começasse a minha nova vida.

Capítulo 26

Hazel

Entrei em meu carro e nem respirei direito antes de dar a partida e sair do estacionamento da empresa.
O que eu havia feito?
Por que tinha de ter deixado o desejo falar mais alto?
Porque, ficou mais do que provado, que eu ainda era louca por Dominic. Não consegui resistir a ele em tão pouco tempo, em um lugar fechado, onde somente nós dois estávamos.
Por qual motivo eu não podia ser uma mulher forte que não se deixava abalar por um ex que me rejeitou quando eu ainda acreditava perdidamente no amor?
Fui ganhando as ruas de Miami, sem acreditar que havia me entregado a ele. Sem acreditar que o desejo falou mais alto, sem conseguir esquecer seu perfume grudado em mim, sua boca na minha, suas mãos me apertando.
Soquei o volante, assim que parei em um sinal, já que estava morrendo de raiva de mim por ter me deixado levar tão fácil por Dominic.
E ainda tinha o fato de ele ter me dito que foi obrigado a me deixar.
Não sabia o que pensar, mas de uma coisa eu tinha completa certeza: não poderia aparecer na minha casa agora. Minha filha não podia ver meu estado, não nesse momento, onde eu não sabia se estava transtornada ou completamente rendida por um sexo incrível e completamente inusitado.

Quando dei por mim, ele já estava me fazendo dele. Tão forte, tão do jeito que eu me recordava.

Só de me lembrar da cena, senti minha vagina ficar molhada e claro que também estava sentindo uma pequena dor, já que eram dez anos sem fazer sexo e o que acabei de fazer não foi nada carinhoso.

Entrei em um desvio e aproveitei mais uma parada em um sinal para enviar uma mensagem para Cameron.

Hazel: Desculpe estragar sua sexta, mas vou à sua casa, preciso desabafar.

Ela não demorou muito para responder.

Cameron: Eu sempre estarei disponível para você.

E foi exatamente por aquele motivo, que percebi na faculdade que eu podia, sim, ter uma amiga. Já que Cameron, nunca fez piadas comigo, nunca me criticou por querer estudar demais. Nunca falou nada por eu ser mãe solteira.

Desde que nos tornamos amigas, ela sempre me apoiava em minhas loucuras e até mesmo nos sonhos que eu nem imaginava que tinha.

Por isso, eu precisava dela nesse momento. Acho que estava na hora de contar sobre meu amor do passado para minha amiga. Ela ficaria transtornada, por eu ter escondido por semanas quem era Dominic, porém, me entenderia depois.

Não demorou muito para que eu parasse em frente à sua casa. Quando percebi que havia mais um carro parado ao lado da sua vaga, realmente entendi que talvez seu relacionamento com Jason fosse para frente e provavelmente eu tinha atrapalhado o programa de sexta que os dois haviam planejado.

Ao me lembrar de Jason, pensei no seu amigo que talvez quisesse desabafar. Era melhor parar com as mentiras e talvez falar para ele ao menos ver se Dominic estava bem.

Balancei minha cabeça para dispersar aqueles pensamentos. Não poderia amolecer meu coração, precisava me manter centrada.

Bati à porta de Cameron e ela logo abriu com um sorriso ameno no rosto. Ao perceber meu estado, seu cenho se franziu no mesmo momento.

— O que aconteceu?

E foi só ouvir sua pergunta, para meus olhos se encherem de lágrimas e elas começarem a escorrer pelo meu rosto.

— Foi Haven?

Neguei e continuei chorando.

Vi Jason aparecer por cima do ombro da minha amiga.

— Precisam da minha ajuda? — Ele pareceu sincero, mas no momento, só queria que ele se mantivesse longe.

— Querido, fica quieto, Hazel e eu vamos conversar no carro dela.

Cameron me puxou pela mão e me levou de volta para meu carro. Ela abriu a porta do motorista, colocou-me sentada, enquanto eu me acabava em lágrimas e depois tomou o lugar do passageiro.

— Amiga, eu estou preocupada. Você está chorando, está descabelada e os botões da sua camisa foram para o espaço. Foi algo muito grave? Precisamos chamar a polícia?

Apoiei minha cabeça no volante e chorei novamente, depois soltei um gemido e murmurei:

— Pelo amor de Deus! Nada de polícia, não aconteceu nada que eu não quisesse e esse é o problema, Cam. Eu não podia querer, entende?

— Não — respondeu completamente cheia de dúvida.

Olhei para ela e disparei:

— O pai da Haven apareceu.

— Desgraçado! Eu vou matá-lo, me diz onde você o viu, que vou acabar com aquele filho da puta.

— O pai da Haven é Dominic.

O silêncio reinou no carro e eu nunca vi minha amiga ficar tão petrificada.

— O quê? — indagou depois de muitos segundos.

— Por isso fugi da festa aquele dia. Por isso nós só discutimos. E hoje ele acabou descobrindo sobre a filha.

Cameron parecia tão chocada que ela nem começou a falar como de costume.

— E eu transei com ele.

Revelei e voltei a chorar como uma maluca, porque não estava preparada para admitir minha fraqueza, mas precisava. Eu realmente havia transado com Dominic.
— Agora entendi seu estado. — Cameron fez uma pausa, passou sua mão por meu rosto para enxugar minhas lágrimas.
— Não sei se soco você, por não ter me dito logo de cara quem era o pai da Haven, ou se soco você por ter transado com o cara que a abandonou grávida, ou se falo parabéns, porque você tirou a teia de aranha dessa sua vagina.
Fui obrigada a sorrir com a última parte da sua fala.
— Não quero levar soco — revelei.
— Então... Parabéns?
— Não sei se mereço também. Ele me deu uma explicação meia-boca pelo que aconteceu, mas não muda o fato de ele ter me rejeitado quando eu mais acreditava no amor.
— E agora? — Cameron questionou.
— Queria dizer que está tudo bem, porém, ele quer conhecer Haven e eu preciso contar a ela sobre o pai.
— Acho que ela tem direito de saber.
Assenti e segurei a mão da minha amiga. Descansei minha cabeça no encosto do banco e fiquei em silêncio. Cameron também não ficou muito diferente de mim e passamos mais uns quarenta minutos daquela maneira.
Era daquilo que eu precisava. Do apoio de alguém que eu sabia que me amava.
— Acho que estou pronta para ir para casa e contar para ela — informei.
— Quer que eu vá junto?
— Isso é algo que tenho de fazer sozinha.
— Lembre-se de que eu estarei aqui, apoiando você.
— Eu sei. Obrigada, por não me odiar!
— Nunca a odiaria por isso.
Quando Cam saiu do carro, eu soube que era o momento de ir para casa.
Que eu tivesse forças para contar toda a verdade para Haven, pois nem sabia se nesse momento era uma mulher corajosa, mas tentaria ser, por minha filha.
A minha pequena menina.

CAPÍTULO 27

Hazel

Cheguei a minha casa e percebi que mamãe estava no quarto de Haven. Passei no meu antes e troquei minha camisa, pois eu precisava estar em um estado melhor.

Assim que entrei, percebi que minha mãe lia um livro para minha pequena. A Sra. Morris levantou os olhos do livro e me observou atentamente.

Provavelmente queria saber o que havia acontecido, mas naquele momento eu poderia deixar o nosso assunto para depois. Haven se sentou na cama e me olhou, ansiosa.

— Chegou da reunião, mamãe?

— Cheguei, meu amor. — Não consegui evitar a voz embargada.

Aproximei-me de sua cama e acabei me sentando mais para os pés. Haven saiu debaixo do edredom, veio para perto de mim e me abraçou.

O galo em sua testa já tinha diminuído bastante o que era bom, pois não queria minha menina com aquela protuberância por muito tempo.

— Está sentindo alguma dor?

— Não, eu estou bem!

Passei minha mão por seu rosto e tentei sorrir ao encarar seus olhos, iguais aos dele.

— Preciso conversar com você.

— Eu juro que não fiz nada — murmurou com a expressão repleta de medo.

— Eu sei, meu amor. Foi a mamãe que fez, por isso, preciso falar com você.

Levei meus olhos até a minha mãe e ela se levantou da cama.

— Bem, vou para meu quarto. Boa noite, minha princesa!

Ela beijou o rostinho de Haven e minha menina retribuiu o carinho da avó. Antes de sair, senti o apoio da mão da minha parceira em meu ombro e ouvi seu sussurro, antes de ela desaparecer do quarto.

— Boa sorte!

Eu realmente precisaria.

Tomei o lugar da minha mãe e logo Haven veio se deitar ao meu lado. Ela ficou pegando meus dedos nos seus e observava meu esmalte, enquanto esperava que eu dissesse algo.

— Lembra quando eu disse que você nunca precisaria de um papai, porque eu sempre supriria a falta dele?

— U-hum!

Haven me encarou com sua expressão doce e continuou esperando que eu continuasse.

— Acho que sempre consegui fazer você feliz, certo?

— Sim, mamãe! Eu amo você!

Meus olhos ficaram marejados e meu queixo começou a tremer por sua declaração.

— Eu também amo você! Amo tanto, que eu acho que meu coração é mais seu do que meu.

— Não precisa chorar.

— Eu sei, mas você também sabe que a mamãe é uma manteiga derretida.

— É verdade!

Apertei sua bochecha quando ela abriu um sorriso em minha direção.

— Meu amor, você sabe que a mamãe engravidou na adolescência e que seu pai me deixou sem saber que eu estava grávida. E que, desde então, nós perdemos contato e eu evitei que ele soubesse de você.

— Eu me lembro de você me contar, mas também lembro que a senhora disse que se um dia eu quisesse conhecê-lo, que a senhora permitiria.

Eu já tinha tido aquela conversa com ela diversas vezes, para provar que eu não seria uma mãe que a proibiria de encontrar o pai, caso fosse o que realmente quisesse.
— Eu só não imaginava que encontraria seu pai, mesmo antes de você me pedir. Se é que em algum dia você pediria.
Vi a surpresa tomar os olhos de Haven e ela até engoliu em seco.
— Você encontrou meu papai, mamãe?
— Sim! Por uma obra do destino, a mamãe acabou se tornando sócia dele.
Haven abriu a boca, eu nem sabia se ela entendia o que era ser sócia, mas naquele momento nada mais importava, só o que ela quisesse valeria.
— Vocês trabalham juntos?
— Isso!
— E ele sabe de mim? — Os olhos da minha pequena se encheram de lágrimas.
— Eu não contei a ele, porque não queria que ele fizesse algum mal a você. Só que hoje ele descobriu, mas eu acho que estava enganada, ele está louco para conhecê-la e se você quiser, eu nunca vou impedi-la de conviver com seu pai.
Algumas lágrimas começaram a escorrer pelo rosto de Haven e eu não contive as minhas. Limpei o rosto da minha filha, mas ela logo derramou mais e mais lágrimas.
— Então, ele quer me conhecer?
— Quer, meu amor!
— Mas e se ele sumir de novo?
Meu coração doeu ao ouvir sua pergunta.
— Se ele sumir, nós duas vamos ser fortes e eu continuarei aqui, sendo sua mãe, seu pai, sua super-heroína. Eu nunca vou sumir, então você pode conhecê-lo se quiser, porque estarei segurando sua mão. Tudo bem?
Haven sorriu, mesmo que ainda chorasse.
— Então eu quero, mamãe. Eu sempre quis conhecê-lo, mas não queria que você sofresse para tentar encontrá-lo.
— Se você ficar feliz, eu fico feliz e é só isso que importa.
Haven me abraçou e continuou chorando por um tempo. Aproveitei para acariciar seu cabelo. Ela queria conhecer Dominic e eu teria de permitir, pois nunca deixaria que Haven ficasse com aquele desejo.
— Mamãe? — murmurou, meio sonolenta.

— O quê?
— Mesmo eu conhecendo meu papai, eu sempre vou amar você.
Sorri, sentindo meu coração se aquecer novamente.
— Eu sempre vou amar você também, meu amor!

CAPÍTULO 28

Dominic

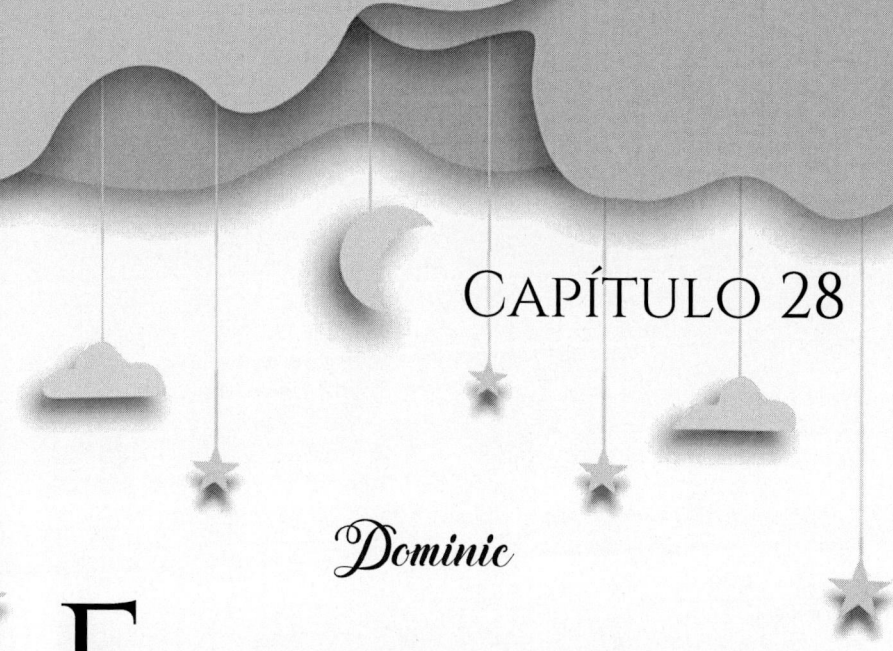

Estava deitado no sofá, vestindo somente minha boxer e continuava pensando em tudo que havia acontecido.
Tinha sonhado tantos anos com aquilo e agora que havia reencontrado Hazel, ficado com ela, sentido seu corpo novamente, só conseguia pensar que talvez ela nunca entendesse o que eu sofri para me manter longe dela.
O quanto meu coração parecia doer.
Fechei meus olhos e me lembrei exatamente do dia que fui obrigado a deixá-la.

Cheguei a minha casa batendo a porta de entrada.
— Onde o senhor está? — gritei.
Meu pai, como sempre naquela pose impecável, apareceu na minha frente saindo do seu escritório. A sua expressão era vitoriosa, já que ele sabia muito bem o que tinha acontecido.
Quando recebi sua mensagem, saindo do colégio, senti como se o chão que pisava tivesse me engolindo e quando retornei ao mundo, havia somente a casca de um garoto apaixonado que não podia viver o amor que tanto queria.
— Por que eu não posso viver a minha vida? — gritei e não me importei de chorar na frente dele.
Joshua sorriu com puro sarcasmo e naquele momento, minha mãe surgiu no alto da escada, sem saber o que estava

acontecendo, mas sua expressão assustada já me dizia que eu a havia tirado da sua zona de conforto.

— Quem manda na sua vida sou eu, Dominic. E se quiser que a imagem daquela garota continue intocada, acho melhor você não se aproximar dela novamente.

Não percebi quando caminhei na sua direção, eu não conseguia enxergar um ponto de clareza em minha frente. Eu queria Hazel, queria meu doce, a mulher que eu amava.

E pela primeira vez, eu enfrentei Joshua e assim que estava perto o suficiente dele, soquei seu nariz o pegando completamente desprevenido.

— Eu posso ser um garoto de dezessete anos, mas tenho sentimentos e eu a amo. Não ameace a mulher que amo! — berrei, pois nada me importava.

— Querido, pare com isso. — Mamãe tentou intervir, mas já era tarde.

Quando percebi, meu pai já havia revidado o golpe que eu lhe dei. Acabei me desequilibrando e foi o momento que ele achou bom para chutar minhas costelas.

O problema do meu pai era que quando ele perdia o controle, não sabia a hora de parar. E só quando já estava quase desacordado no chão, com minha mãe aos prantos, que ele parou.

— Se eu consigo daixá-lo assim, imagina o estado que eu posso deixar aquela menina. Acho melhor não vê-la mais, pois além de vazar o vídeo eu acabo com a vida dela.

Abri meus olhos e soltei um suspiro. Foi assim que eu nunca mais lutei por Hazel. Ela não merecia viver ao meu lado tendo de correr risco com um pai monstro que eu tinha.

Porém, Joshua tinha morrido e eu poderia lutar por ela. Se eu quisesse uma chance com a mulher que ainda amava, sonhava... teria.

Eu teria de lutar. E daquela vez, lutar por ela e pela minha filha, que eu nem conhecia, mas que já queria mostrar para ela que um pai, mesmo afastado por tantos anos, poderia ser uma pessoa legal.

Eu seria um pai muito melhor do que Joshua foi um dia para mim. Na verdade, ele nunca foi um pai bom, mas eu seria um ótimo pai e provaria aquilo para Hazel e Haven.

Levantei-me do sofá, caminhei até meu escritório e acessei o sistema da empresa. Logo entrei na informação dos funcionários e lá estava o que procurava.

Hazel Morris e seu telefone.

Anotei o telefone em meu celular, peguei o vídeo que guardava quase a sete chaves e mandei para ela. Em seguida mandei uma mensagem para a mulher que eu poderia mover o mundo, se ela quisesse.

Dominic: Sei que você disse que não queria provas, mas eu estou enviando. Esse foi o vídeo que recebi do meu pai, no dia que ele ameaçou expor sua imagem. Joshua nunca foi um homem bom, ele me espancava e jurou que se a ameaça do vídeo não fosse o suficiente, ele faria o mesmo com você.
Hazel, eu a amava de verdade, eu ainda a amo de verdade. Nunca deixaria que ele a machucasse. Naquele dia, eu precisava que você se afastasse de mim, por isso disse palavras duras para que acreditasse que eu estava sendo realmente um escroto com você.
Espero que... um dia, não hoje, não amanhã. No seu tempo, mas que um dia você possa me perdoar.
Eu não vou parar de dizer que a amo, pois é a verdade. Nunca a esqueci, depois de você, nunca mais fiquei com ninguém, e eu só penso em você desde sempre.
Também espero que minha filha possa um dia querer me conhecer, para que eu possa provar que não sou esse monstro que você tanto vê. Eu tenho certeza de que posso ser um bom pai.
Amo você! E mesmo sem conhecê-la, já amo nossa menina.

Apoiei o celular sobre a mesa do escritório e me afastei dele. Não queria ver quando ela visualizasse a mensagem e não me respondesse. Porém, pegando-me completamente de surpresa, não demorou muito para a resposta vir.

E quando vi que realmente era Hazel me respondendo, meu coração quase saltou do meu corpo. O mais rápido que pude abri a mensagem, e as poucas palavras que li, já me deram um pouco de esperança.

Hazel: Haven quer conhecê-lo. Ela ama passear na praia, então domingo, talvez seja um bom dia para você vê-la.

Era impessoal, mas já era um passo.
Se Haven queria me conhecer, talvez eu pudesse mesmo provar à minha pequena que eu seria um bom pai.
Abri um sorriso e não sabia como explicar o tamanho da felicidade que estava sentindo.
Eu tinha uma filha, ela queria me conhecer e eu seria o melhor para ela.
Naquele momento, depois de anos, senti como se minha vida estivesse recomeçando e depois de muito tempo, eu estava feliz com o que o destino me reservava.

CAPÍTULO 29

Dominic

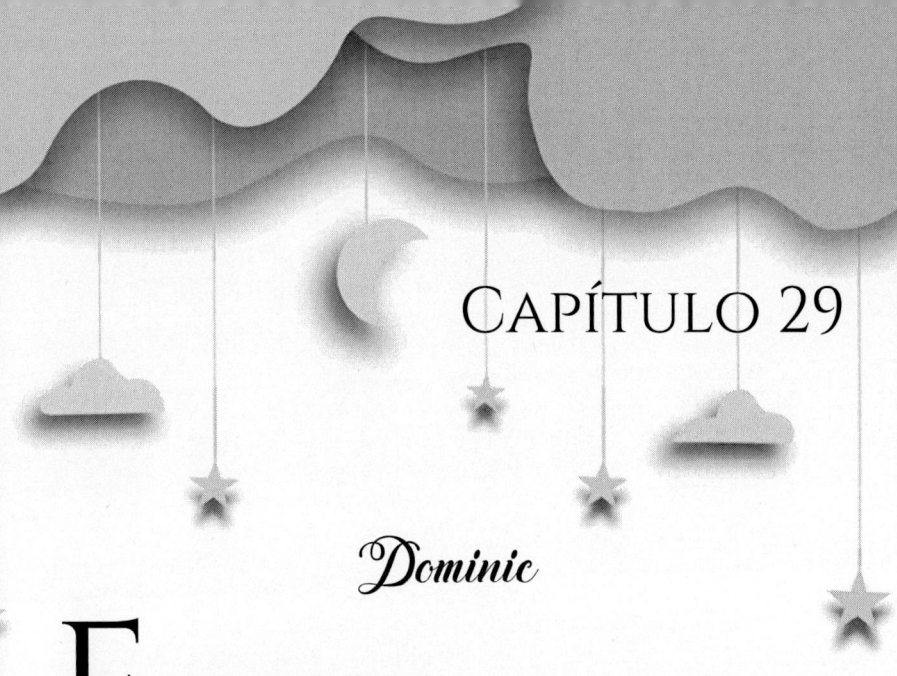

Eu não sabia o que fazer, estava nervoso, meio ansioso e desesperado.
Conheceria minha.
Nossa! Eu tinha uma filha.
Respira Dominic, você tem uma filha linda, perfeita e que quer conhecê-lo. Não pode decepcioná-la.
Era aquilo que falava para minha mente em todos os momentos.
Assim que estacionei em frente à casa de Hazel, eu tive a absoluta certeza de que talvez infartasse ali mesmo e nem conhecesse Haven, já que estava tão nervoso, que sentia meu coração pulsar rapidamente. Parecia que eu o ouvia bater longe do meu corpo, do tanto que estava inseguro e desesperado.
Olhei pelo retrovisor e o urso que parecia ser maior do que a garotinha de nove anos me encarava, como se estivesse me julgando.
Saí do carro e parei de ficar imaginando, senão eu ficaria naquela ansiedade pelo resto da vida e não faria nada. Peguei o urso no banco de trás e caminhei até a porta da casa de Hazel.
Conheceria minha filha...
Entraria na casa da mulher que eu amava...
E depois iríamos à praia.
Olhei para a minha roupa e realmente não estava com cara de ir à praia, mas teria de servir, eu não tinha esse costume.

Antes que eu pudesse tocar na porta, ela foi aberta por ninguém mais que a mãe de Hazel.

Ela me fuzilava como se fosse me matar a qualquer momento e talvez eu entendesse o seu sentimento. Machuquei o coração de sua filha anos atrás e ainda a abandonei, grávida.

Que grande merda de homem eu era!

— Bom dia, Sra. Morris! — Tentei parecer cordial.

— Bom dia! — A mulher me encarou dos pés à cabeça e, como se fosse somente para que eu escutasse, sussurrou: — Se alguém voltar com lágrimas nos olhos desse passeio, eu juro que dessa vez partirei para a violência.

Engoli em seco e assenti.

A mulher se afastou e fez um gesto para que eu entrasse. Passei com certa dificuldade pelo hall de entrada, já que o urso exagerado ocupava um espaço muito maior do que imaginei.

— Não desce correndo, para não se machucar de novo. — Ouvi a voz de Hazel das escadas e quando olhei para cima, foi o momento exato de ver a pequena garotinha de cabelo loiro, olhos azuis e sorriso encantador descer os degraus.

Meu coração que já não estava em seu ritmo normal, perdeu completamente o compasso. Senti meus olhos se encherem de lágrimas e eu tinha certeza de que desde o dia em que descobri ser pai, tinha aberto uma torneira dentro de mim, que sempre me faria chorar por qualquer coisa.

Só que nesse momento, minhas lágrimas eram mais que especiais e eu nem tinha vergonha de parecer um fracote em demonstrar minha emoção. Eu estava vendo uma pequena cópia minha, parada a poucos metros de mim e ela me encarava completamente curiosa.

O machucado em sua testa ainda estava evidente, porém, não fazia sua beleza ser menor. Haven era linda e ela era o fruto do meu amor com Hazel, mesmo que eu soubesse que aquele amor foi destruído anos atrás, mas ao menos tínhamos ali a prova da nossa paixão em carne e osso.

— Oi, Haven! — cumprimentei, sem me aproximar, pois não sabia se avançaria muito rápido para ela.

— Oi! — Retribuiu meu cumprimento e ficou olhando para mim como se eu fosse um ser completamente diferente do que ela imaginou.

Percebi pela minha visão periférica que Hazel havia parado ao lado da filha, mas não desgrudei meus olhos do de Haven, pois não sabia se estávamos disputando quem desviaria primeiro a atenção. Porém, queria provar àquela garotinha que não desistiria da disputa tão fácil.

Pois ela era minha filha.

— Muito prazer, eu sou Dominic.

— E eu sou Haven.

Sorri para ela.

— Eu sei, e eu achei seu nome incrível, sabia?

Ela negou e acabou perdendo a batalha de encarar, pois direcionou seus olhos para o urso.

— Esse urso é seu? — perguntou, um pouco envergonhada.

— Na verdade, eu estava passando em frente a uma loja que estava aprisionando esse grande urso e ele me pediu socorro.

A menina arregalou os olhos e entrou na brincadeira.

— Por quê?

— Ele disse que estava muito triste e solitário. Eu fiquei com pena dele e pensei que talvez uma garotinha chamada Haven pudesse cuidar dele. O que acha?

Ela estava meio reservada, mas não deixei de notar o pequeno sorriso que surgiu em sua boca.

— É para mim? — Tinha uma alegria diferente na pergunta.

— Se você quiser ser amiga dele, é todo seu.

Ela se afastou do lado de Hazel, aproximou-se e estendeu a mão para mim. Pude ver que seus olhos ficaram lacrimejados e murmurou:

— Eu o quero, papai.

Assim que ela disse a palavra, não resisti e me ajoelhei no chão, esquecendo-me por um momento do urso. Sua mão ainda continuava estendida, mas não resisti e a puxei para um abraço. Os bracinhos da pequena envolveram meu pescoço e eu passei minha mão por seu cabelo.

— Desculpa não ter sido um pai presente durante esses anos. Desculpe por ter abandonado você, mesmo sem saber. Desculpe, filha! Por favor, juro que se você deixar, eu serei o melhor pai para você.

Ela se afastou e também chorava, já que eu estava me acabando em lágrimas desde que ouvi a palavra papai sair da sua boca.

— Eu quero ter o melhor papai do mundo. Já tenho a melhor mamãe e aí vai ser tudo perfeito.

— Sim, tudo será perfeito.

Beijei sua bochecha e voltei a abraçá-la. Meu olhar vagou pelo ambiente e parou nos olhos de Hazel. Havia lágrimas silenciosas escorrendo por seu rosto e quando percebeu que a encarava, ela desviou sua atenção de mim.

Tudo seria perfeito, era naquilo que eu acreditaria.

Eu já tinha minha filha, só faltava ter a mãe para que o sonho de realmente ter uma família se transformasse em realidade.

Capítulo 30

Dominic

Sua mão era tão pequena, que a minha parecia engoli-la. Haven saltitava pelo calçadão da praia e eu não conseguia parar de sorrir.

Hazel estava andando ao nosso lado em silêncio. Diferente de mim, ela vestia uma blusa larguinha colorida e uma bermuda jeans branca que me dava uma bela visão de suas pernas.

Era errado ficar pensando nela daquele jeito, estando segurando a mão da minha filha, durante o nosso primeiro passeio juntos, que parecia que estava dando bastante certo, mas estava completamente deliciosa e eu não era de ferro.

Hazel usava óculos de sol que me impedia de enxergar seus olhos, então não dava para saber no que ela pensava, no entanto só de tê-la ali me sentia vitorioso. Aquele era um passo que queria dar em minha vida e estava adorando, ao menos naquele primeiro momento.

— Queria entrar no mar — reclamou Haven, mais uma vez.

— Você veio à praia três vezes essa semana e eu não quero que molhe seu machucado com a água do mar — Hazel a repreendeu e eu fiquei observando a forma que ela a tratava para saber como deveria agir com Haven, já que também não queria ser um pai que mimava demais a filha.

— Papai, sabia que eu amo a praia? Que amo passear, estou de férias, amo sair de casa e que...

Haven parou no meio do caminho e começou a falar tudo que gostava de fazer. Claro que eu me abaixei para observá-la, enquanto ela me contava todas as coisas que amava e no fim, acabei comentando:

— Então, vou aproveitar que você ama isso tudo e também que são suas férias, para passear um monte de vezes com você. O que acha?

Seus olhos ficaram alegres e Haven abriu um sorriso enorme, ela olhou para a mãe, parada ao seu lado, e indagou:

— Pode, mamãe?

— Se for o que quer, meu amor... Claro que pode.

Ela parecia confiar demais em sua mãe, o que admirei, já que nunca tive aquela troca com a minha. Quando voltou a me encarar, disse:

— Vamos viver altas aventuras.

Soltou minha mão e levantou os braços, como se tivesse acabado de ganhar um milhão de dólares. Foi impossível não gargalhar com sua animação.

— Parece até uma adulta — brinquei.

— A mamãe sempre diz isso.

Encarei Hazel que ajeitou os óculos de sol e ficou olhando pelo ambiente. Não parecia que alguma vez grudou seus belos olhos verdes nos meus, ainda mais que os óculos impediam que eu os visse com clareza.

— A sua mãe sempre está certa.

Evitei novamente encarar Hazel e voltei a andar com Haven. Era nosso primeiro passeio e eu aproveitaria ao máximo.

E assim seguiu os nossos dias, semanas e quando percebi, já estava mais íntimo da minha filha e ela parecia mais à vontade para me contar as coisas e até mesmo para brincar comigo.

Dois meses depois...

Naquele dia em específico, Hazel havia ficado presa no tribunal até mais tarde. Então, para não deixar Haven somente com a avó em uma sexta-feira, acabei aparecendo na casa da minha filha.

Assim que Lucinda me viu à porta, ela ainda revirou os olhos, mas já estava me aceitando melhor. Hazel era muito diferente, ela só conversava o essencial comigo e quando eu aparecia em sua casa, ela deixava sua mãe me fazendo a famosa "sala" e sempre dava um jeito de escapar do ambiente.
Eu já tinha levado Haven para passear sozinha, o que considerei que fosse um bom ponto. Significava que Hazel estava começando a confiar um pouco em mim, que eu poderia sair com a minha menina sem ela; que era um ponto que havia conquistado.
— Haven, seu pai está aqui.
Lucinda se afastou da porta e logo Haven apareceu saindo da sala de estar.
— Papai! — gritou e veio correndo em minha direção.
Abaixei-me para abraçá-la e ela me retribuiu o abraço, com aqueles pequenos bracinhos, mas que para mim pareciam mais o mundo me abraçando.
Assim que Haven se afastou, peguei a sacola que deixei no chão para abraçá-la e mostrei a ela.
— Adivinha o que eu trouxe?
— Eu não gosto de adivinhar, fala logo porque eu sou curiosa — pediu com seu jeito mandão, mas com a voz infantil que acabava com meu coração.
Não sabia como eu podia amá-la tanto, sendo que a tinha conhecido em tão pouco tempo, porém, o amor de pai e filho deveria ser assim. Surgir em um piscar de olhos e ser impossível de acabar.
O sentimento que eu tinha por aquela garotinha começou a crescer desde o dia em que Hazel confirmou que ela era minha filha e dali em diante só vinha aumentando.
— Sorvete e quebra-cabeça com cinco mil peças.
— Mentira! — gritou, superanimada.
— Vamos montar?
— Só se for agora. Corre, papai, vem.
Haven saiu me puxando e por um milagre vi Lucinda sorrindo ao ver a animação da neta. Quando percebeu que a peguei no flagra, voltou a fechar a expressão em minha direção.
Ali estava a mãe da mulher que eu amava e Hazel era igualzinha a ela. Já que eu tinha certeza de que gostava dos meus atos de amor, mas nunca admitira para mim.

Sentei-me no chão da sala de estar, Haven pegou o quebra-cabeça e soltou ali mesmo para montarmos. Aquele era de *Frozen*, que era um de seus desenhos preferidos e eu sabia que ela se divertiria.

— Você quer o sorvete? — perguntei.
— Agora não, papai. Quero montar.
— Tudo bem! Vou guardar para não derreter.
— Pode deixar — Lucinda comentou e pegou o pote de onde a neta o havia colocado.

Assenti para ela e assim que Haven e eu ficamos sozinhos na sala, fazendo meu coração saltar no peito com mais amor do que eu sabia que poderia ter por aquela garotinha, ela murmurou:

— Obrigada, papai.

Encarei minha filha com o cenho franzido sem entender e ela percebendo a minha confusão, acabou continuando:

— Sou uma criança ainda, eu sei. Só que eu sou muito inteligente. — Seus olhos ficaram marejados. — Jurei que nunca o conheceria, até porque não sabia se isso iria machucar a mamãe. Mas já que ela deixou, eu fiquei realmente feliz, sempre quis conhecer você, papai. E depois desses meses que estamos passando juntos, eu vi que gosto de você. Gosto de você, igual eu gosto da mamãe. Sabe? Amo um tantão assim.

Ela abriu os braços demonstrando o amor que sentia por mim. Peguei sua mão, que parecia uma miniatura e dei um beijo.

— E assim que descobri que tinha uma filha, eu também já a amo um tantão assim. Você me deu mais vontade para continuar sonhando, Haven. Eu amo você, filha!

Assim que me separei dela, ouvi um limpar de garganta e quando olhei por cima do meu ombro, Hazel estava parada à entrada da sala de estar.

— Espero que você tenha guardado um pouco de amor para mim, Haven.
— Para você sempre, mamãe! — Minha menina gritou.

Internamente eu também gritei, que todo amor que era para ela estava guardado dentro do meu coração.

Capítulo 31

Hazel

Ouvir as palavras de Haven para Dominic me abalou, mas não por eu estar com ciúmes e nem nada, pois eu não precisava sentir aquilo pelo pai da minha filha, já que eu sabia que ela sempre teria um espaço no seu coração para mim.

E ainda mais por ouvir Dominic retribuindo seu amor por ela. Quando decidi que era melhor esconder minha filha do seu pai, eu fiz aquilo pensando no seu melhor.

Só que parando para pensar agora, se tudo que Dominic me disse naquela mensagem fosse verdade, ele sofreu tanto quanto eu quando nos separamos.

Talvez eu tenha criado um monstro em minha mente que não existisse, mas que naquele momento era o certo para mim. Não poderia me arrepender de fazer tudo que foi necessário para ter certeza de que minha filha fosse feliz.

— Chegou, querida?

— Sim, mamãe. Desculpe o atraso, o julgamento do meu cliente demorou mais do que o normal.

— Sem problemas, meu amor. — Ela olhou de forma sugestiva para as duas pessoas que estavam na sala. — Ela ficou toda feliz com a chegada dele.

— Tudo bem — sussurrei.

Eu tinha contado tudo para minha mãe, sobre o que Dominic havia me dito. Os motivos que ele me deu por ter terminado comigo naquela época. Ela estava arredia, mas eu sabia que no fundo ela deveria estar mais tranquila com ele.

Senão seria capaz de colocá-lo para fora de casa a vassouradas.

— Bem, você disse que não era para eu me incomodar com o jantar, então nem fiz.

— Sim, eu resolvi comprar pizza.

Haven levantou sua atenção do que me parecia ser um quebra-cabeça gigante e eu vi seus olhos se arregalarem.

— Mentira! Estou chocada, mamãe!

— Até parece que eu nem lhe dou pizza, garota.

— Mamãe, pelos meus cálculos, já tem um mês que eu não como pizza.

Dominic soltou uma gargalhada e minha filha o fuzilou, fazendo com que pasasse de sorrir no mesmo momento. Abri um sorriso com aquela reação, mas tratei logo de escondê-lo, não queria que Dominic percebesse que eu estava abaixando um pouco da minha guarda.

Mamãe caminhou para dentro da sala e se sentou no sofá, um pouco afastada de onde os dois estavam brincando.

E eu fui pedir pizzas.

— Tem um sabor preferido, Dominic? — indaguei.

— Você sabe qual é.

Ele me encarou e eu o fuzilei com o olhar. Haven observou tudo em silêncio e eu não fiz nenhum comentário.

Eu sabia qual era, mas estava tentando ser educada. No entanto, até me lembro de quando ele disse a primeira vez: "A melhor pizza é a Miami BBq com molho barbecue, muçarela, calabresa defumada, pepperoni fatiado, bacon em cubos e azeitonas pretas.

Enfim, tratei de não me lembrar mais daquilo e fiz os pedidos. O passado ficava no passado, Hazel.

— Vem brincar com a gente, mamãe.

— Eu queria saber, por qual motivo não ganhei nenhum beijinho, quando cheguei? — perguntei e minha filha fez uma expressão culpada.

Levantou-se no mesmo momento e se jogou em meus braços, deu vários beijos em minha bochecha e depois se desculpou.

— Mamãe, eu juro que não foi por querer, eu tava tão concentrada. São cinco mil peças! É um Olaf grandão e você sabe o quanto eu amo...
— Meu amor, eu estava brincando. Não precisa se desculpar.
Abracei seu corpinho pequeno e não me passou despercebido o quanto Dominic estava nos analisando.
— Eu amo você, mamãe!
— Eu sei, minha lindinha. — Beijei sua testa e a desci do meu colo. — Vai brincar.
Levantei-me do sofá e disse para minha mãe:
— Fica de olho se a pizza chegar, minha carteira está na minha bolsa. Vou tomar banho, estou bem cansada.
— Claro, querida!
Fui para o andar de cima e assim que cheguei ao meu quarto, fui direto para a suíte. Precisava realmente de um banho, principalmente depois do dia conturbado que tive.
E claro que ver Dominic no andar de baixo só me fazia ter vontade de arrancar sua roupa e pedir para que ele me fodesse. Balancei minha cabeça, para tirar aquele pensamento safado da minha mente.
Depois que tomei o banho que relaxou meu corpo e fez com que minha mente acalmasse mais, vesti meu pijama e me deitei na cama para descansar um pouco. E claro que para evitar Dominic no andar de baixo.
Mais tarde, quando ele fosse embora, desceria para comer um pedaço de pizza.
Peguei o celular que havia levado comigo, quando subi e mandei uma mensagem para minha mãe.

Hazel: Vou ficar no quarto. Quando ele for embora, eu desço.
Mamãe: Você precisa comer, Hazel!
Hazel: Depois, mamãe.

Meio entediada, levantei-me da cama e fui até a poltrona que ficava próxima à minha janela. Sentei e observei a noite. O que eu faria da minha vida?
Eu o amava, não tinha como negar.

Quando o via, meu coração saltitava como se fosse a primeira vez que ele sorrisse em minha direção. Não conseguia esquecer seus beijos, o sexo... e ainda tínhamos uma filha.

Que tormento eu estava vivendo!

Uma batida à minha porta fez com que eu saísse dos meus devaneios. Achei estranho, já que mamãe sabia que eu não desceria. Fui até ela e a abri. Assim que o fiz, o choque me tomou.

Dominic me estendeu um prato com duas fatias de pizza e eu fiquei sem reação.

O que ele estava fazendo aqui?

— Não vou morder você. — Fiquei em silêncio, enquanto ele falava algo, no entanto um sorriso sacana apareceu em seus lábios. — Eu a morderia se você quisesse, mas eu vim em paz, só vim trazer a sua comida já que não vai descer, porque estou aqui.

— Não é por isso. — Consegui dizer, saindo do meu transe.

— Não precisa mentir, Hazel. Eu sei que é. Só vou comer e colocar Haven para dormir se você não se importar, porque ela pediu para mim.

Meu coração podia parar de bater daquela maneira, parecia que eu morreria a qualquer momento. E o calor que subia pelo meu corpo, também poderia parar, pois eu não queria demonstrar nenhum sentimento para Dominic.

Peguei o prato de sua mão.

— Obrigada!

Antes que eu pudesse fechar a porta, Dominic falou:

— Será que um dia você vai me perdoar, Hazel?

Nós ficamos em silêncio, trocando olhares que diziam tantas coisas; dor, paixão, amor.

— Eu não sei, Dominic. Quando meu coração foi quebrado, eu meio que me fechei para o mundo. Então, não me peça coisas que não sei se um dia poderão ser consertadas.

— Deixe-me provar que sou um homem digno de você, da nossa filha, de fazer você feliz?

Sua voz grossa parecia atingir minha alma, mas eu ainda não sabia de nada.

— Vai ficar com Haven. Eu vou comer aqui.

Fiz menção de fechar a porta novamente, mas Dominic me parou e, sustentando meu olhar, ele disse as palavras que sempre me faziam estremecer:

— Eu amo você!
— Você disse que falava isso para todas, é meio difícil de acreditar — murmurei com a voz embargada.

Dominic fechou os olhos, suspirou e por fim falou:
— E eu já mandei provas do dia que fui obrigado a fazer isso. Só que a única pessoa que ouviu essas palavras além de você, tem nove anos, parece comigo e tem um sorriso igual ao seu.

Mal terminou de dizer as palavras, deu as costas para mim e voltou em direção às escadas.

E eu...

Voltei para dentro do quarto, deixei o prato sobre a escrivaninha e peguei meu telefone.

Hazel: Preciso de conselhos.
Cam: Amanhã podemos fazer uma pequena reunião de garotas?
Lindsay: Estou disponível. Já organizei meu apartamento.
Hazel: Amanhã seria ótimo.

Precisava conversar com minhas amigas. Sim, Lindsay havia entrado para minha lista de amigas e agora tínhamos um grupo para fofocar.

E por sorte, ela também estava conseguindo trilhar novos caminhos com o emprego no escritório. Havia se mudado da casa do seu pai abusivo e já tinha se inscrito em algumas faculdades. Estava torcendo por ela.

Por fim, voltei para a cama, sem fome, já que ouvir as palavras de Dominic sempre me deixava dessa maneira.

E esperaria o conselho delas, pois eu sinceramente não sabia como agir.

Era uma fraca, que não sabia qual caminho seguir. Ou melhor, eu até sabia, mas não tinha certeza de que fosse o rumo certo.

E era esse caminho que o meu ser parecia gritar para que eu seguisse. O caminho de Dominic.

Capítulo 32

Hazel

Depois de contar tudo às meninas, elas estavam me encarando. Principalmente Lindsay, eu ainda não havia comentado com ela que Dominic era o pai de Haven, mas sabia que ela se lembrava de toda a história que contei para ela há alguns meses.

— Você ainda o ama.

Foi ela que tomou a frente das falas e não foi nenhuma pergunta nem nada, ela estava apenas afirmando sua constatação.

— Não sei...

— Amiga, Lind está certa. Você ainda o ama. Disso não tenho dúvida. Meu medo é só de você ser enganada por ele de novo.

Lindsay se levantou de onde estava, já que estávamos em meu escritório, e disse para minha mãe que eu tinha uma reunião de meninas com elas.

— Depois de ver tudo e ler aquele texto bonitinho que ele mandou. Não sei se estou contra ele. Tudo bem! Foi um filho da puta, por ter feito aquela sacanagem com você ainda novinha. — Ela apoiou as mãos na cintura e me encarou, parecendo muito mais experiente do que eu na vida. — Só que também temos de nos lembrar de que Dominic era jovem. E tipo, se o pai dele o obrigou o que ele podia fazer? E ele falou em espancamento, eu acredito que o pai poderia ser um merda, só de tê-lo ameaçado com o vídeo de vocês e se ele o espancava, não duvido que pudesse mesmo fazer algo pior a você, Hazel.

— Talvez a desmioladinha esteja certa. Acho que vocês ainda têm muita coisa para viver.
— Então vocês acham que eu deveria simplesmente tentar passar borracha em tudo e seguir em frente?
Cameron também se levantou e abraçou Lindsay.
— Eu não acho que devemos passar borracha no passado, ele que nos faz crescer e nos tornar pessoas melhores. Você e Dominic eram dois jovens inconsequentes, que faziam sexo sem proteção, sem pensar no dia de amanhã e para vocês estava tudo bem. O que ele fez foi péssimo, mas não sei... Se Jason, que é o cara que eu amo, fosse ameaçado, provavelmente eu fizesse a mesma coisa se fosse uma exigência.
Encarei minha amiga e indaguei:
— Você ama mesmo Jason?
— Mulher, ela quase vomita arco-íris e coração quando o vê. É claro que ela o ama e ele não é muito diferente — Lindsay brincou.
Cameron se afastou dela e lhe apontou o dedo do meio. O que me fez abrir um sorriso.
— Esqueçam minha vida amorosa. O assunto é a senhorita. — Apontou o indicador em minha direção. — E o gostoso do seu sócio.
— Realmente é um deus grego.
Revirei os olhos para as duas tapadas, mas também me levantei, pois estava me sentindo oprimida.
— Eu não sei o que fazer.
— Amiga, eu não a julgo se você for parar na cobertura dele — Cameron incentivou.
— Até eu que tenho o feminismo escorrendo pelas minhas veias, acho que você merece tentar de novo — Lindsay apoiou.
Comecei a ficar agitada.
Era aquilo?
Eu podia tentar de novo?
— Vai logo, Hazel! — Cameron esbravejou.
— Agora? — Quase gaguejei.
— Claro!
As duas me encaravam com sorrisos gigantes e eu só pude retribuir.
— Vocês podem ficar aqui, se quiserem — falei e saí do escritório.

Encontrei minha mãe e Haven na cozinha. Elas estavam preparando o almoço de domingo. Minha menina estava com farinha até o cabelo.
— Meu Deus! Você precisa de um banho, Haven.
— Já vou, mamãe.
Ela sorriu para mim e apontou para a torta de carne que ela e minha mãe haviam feito.
— Parece que está com a cara ótima.
Parei ao lado da minha mãe e encarei minha filha, minhas amigas entraram na cozinha e ficaram fazendo gestos para que eu fosse embora logo.
— Eu vou sair — anunciei.
Minha mãe olhou para mim de soslaio.
— Se tiver pedindo a minha bênção, eu dou, ele parece ser gente boa.
Senti mais um pingo de confiança me tomar.
— Quem? — Haven perguntou.
— Assunto de gente grande — comentei.
— Ok! Mas se for o papai, eu prefiro vocês juntos, se quiser minha opinião.
Ela abriu um sorriso para mim e eu só pude retribuir.
— Então, lá vou eu.
Saí de casa com uma confiança que nem sabia que tinha. Antes de dar partida no carro, verifiquei o endereço de Dominic que Jason havia mandado para Cameron minutos antes e ela me encaminhou.
Fui seguindo o GPS e depois de meia hora, lá estava eu em frente ao apartamento do homem que jurei que nunca mais queria ver, mas que agora eu só queria ter uma nova chance com ele.
Saí do carro, entrei no prédio sem muito problema, pois o porteiro liberou minha entrada mesmo sem avisar a Dominic.
Subi pelo elevador até o último andar e assim que saí, dei de frente para a porta do apartamento do homem que foi meu passado e pelo visto ainda era meu presente e eu queria tanto que fosse meu futuro.
Caminhei até a porta e toquei a campainha.
Soltei um suspiro, mordi meu lábio, e senti minhas pernas fraquejarem. Eu era forte, conseguia fazer aquilo.
Estava olhando para o chão quando vi a porta se abrir e meus olhos subiram lentamente, até encontrar os de Dominic.

A surpresa em sua face era quase cômica, mas eu sorri para ele.
— Talvez precisemos de uma nova chance.
— Com toda certeza precisamos.
Dominic me puxou para dentro do seu apartamento e ali eu tive certeza de que talvez tudo ficasse bem novamente.

Capítuo 33

Dominic

Não acreditava que Hazel estava realmente em meus braços, sem amarras, sem ódio, sem nada, pronta para ser minha.

Minha boca se grudou à dela. Peguei-a em meus braços, já que não queria ficar nem um centímetro distante de Hazel. Envolvi minhas mãos em seu cabelo para aprofundar ainda mais o beijo e quanto mais nos beijávamos mais desejo crescia em meu corpo.

Aquela mulher era tudo para mim.

Mordi seu lábio inferior e voltei a chupar sua língua, Hazel soltou um gemido e eu continuei a beijando com voracidade e desespero. Suas mãos também se entrelaçaram em meu cabelo, sua língua brincou com a minha, deixando que eu ficasse ainda mais louco por ela.

Ela acabou se afastando rápido demais, mas não a desci dos meus braços.

— Eu quero viver tudo novo com você, Dominic.

— E eu juro que todas as experiências serão maravilhosas. Eu a amo demais.

— Eu nunca deixei de amar você.

— Ah, Hazel! Senti tanta a sua falta.

Voltei a beijá-la, mas tinha muita coisa para ser dita, por isso me afastei novamente.

— O que a fez mudar de ideia?

— Amigas — respondeu e desceu uma de suas mãos que estavam meu cabelo para meu rosto e o acariciou. — Eu amei o seu novo estilo, de homem de negócios.

— Não posso negar que você fica uma delícia como uma advogada de sucesso.
— Sempre sabendo dizer as coisas certas nos momentos certos, Dom.
Meu pau pulsou ao ouvir meu apelido em sua boca.
— Eu prometo que dessa vez não terão falas idiotas, que a tratarei como a princesa que você é.
— Acho bom, porque eu sei reagir agora.
Ela mordeu seu lábio inferior e eu sorri.
— Agora me fode, Dominic.
— Não, Hazel. Hoje eu vou fazer amor com você, como nunca fiz e como eu sempre quis.
Com ela ainda em meu colo, caminhei para o meu quarto e assim que chegamos lá, eu a deixei no chão, virei seu corpo de costas para meu e pedi para a assistente virtual tocar uma música que sempre me fazia lembrar de Hazel.
Assim que começou a tocar Chasing Cars, do Snow Patrol, abracei a cintura dela e o espelho que estava à nossa frente foi perfeito para que ela visse enquanto eu nos movia.
— *Se eu deitasse aqui. Se eu apenas deitasse aqui. Você deitaria comigo e simplesmente esqueceria o mundo?* — sussurrei uma parte da música ao seu ouvido, enquanto movia nossos corpos lentamente em uma dança que era para eternizar aquele momento.
Assim que a música terminou, puxei a regata que Hazel usava e ela ficou somente de sutiã. Continuei me movendo, sem reparar nas próximas músicas que começaram a tocar.
Girei seu corpo e deixei que ela ficasse de frente para mim. Hazel me olhava como se eu realmente fosse um novo homem e, para ela, eu queria ser.
Ajoelhei-me no chão e desabotoei sua calça a descendo em seguida. Aproveitei para fazer o mesmo com a calcinha e logo estava em frente às suas pernas nuas.
Beijei suas coxas e subi até chegar à sua boceta, mas não me aprofundei. Levantei e peguei Hazel novamente em meus braços. Depois a deitei em minha cama, que nunca havia sido maculada por uma mulher.
— Eu amo você e não vou me cansar de dizer isso.
Aproveitei para tirar seu sutiã e, quando a vi completamente nua em minha cama, me senti o homem mais poderoso do mundo.

Peguei uma de suas pernas e comecei a depositar beijos desde o seu pé e fui subindo, até chegar à sua coxa, depois fiz o mesmo com a outra perna.

— O que está fazendo? — Hazel, questionou, com a voz um pouco grogue de prazer.

— Venerando a mulher que quero que seja minha para sempre.

Seus olhos brilharam e eu continuei beijando seu corpo. Logo comecei a depositar os beijos em sua barriga e fui subindo até chegar aos seus seios.

Logo o pescoço começou a ganhar mais beijos e por fim eu a beijei na boca, mais uma vez, daquele jeito de arrancar nosso fôlego, de nos deixar completamente cheios de tesão.

Hazel tirou a camisa que eu usava e logo me ajudou a tirar o moletom. Levei uma de minhas mãos para o meio de suas pernas e comecei a acariciá-la, para deixá-la pronta para mim.

Introduzi dois dedos em seu núcleo e ela estava completamente molhada.

— Por que, sempre tão pronta para mim?
— Porque eu sempre quero você.

Mordi o lóbulo da sua orelha e penetrei ainda mais meus dedos nela, começando a estocar com um pouco mais de força, mas não de forma desesperada.

Seus gemidos tomaram o quarto e eu abri um sorriso. A visão mais linda que já tive.

— Isso, geme, geme muito, minha Hazel, meu doce.
— Diga isso de novo, Dom.
— Meu doce?
— Sim...

Hazel começou a rebolar em meus dedos e eu sabia que ela queria gozar, mas eu queria sentir seu sabor, por isso, tirei meus dedos dela e antes de abocanhá-la, repeti:

— Meu doce.

E levei minha língua para sua boceta, passei por toda sua extensão, e depois comecei a sugá-la.

Hazel gritou e eu não parei de chupá-la com mais desejo, desespero, amor, paixão.

E quando ela gozou, eu senti seu sabor... Eu estava no paraíso e era só isso que importava.

CAPÍTULO 34

Hazel

Ele estava sentado sobre a cama, já usando o preservativo e eu me sentei sobre ele, sentindo toda a sua extensão me tomar.

Dominic era tão grande, tão delicioso, tão meu.

Ele começou a se movimentar lentamente, até que eu me acostumasse com o seu tamanho e eu revirei meus olhos para cima, pois era gostoso demais sentir aquela sensação de prazer.

— Dom — gemi.

— Eu sei. É bom, não é?

— Sim... Ah! — gemi novamente.

Comecei a remexer em seu colo mais rápido e Dominic disse:

— Se continuar assim, vamos acabar estragando o nosso momento romântico.

— Seja romântico com palavras, mas me faz sentir seu pau bem fundo em mim.

Dominic soltou uma risada rouca, que fez seu corpo vibrar e seu pau fez o mesmo dentro de mim.

— Cavalga, meu amor.

E foi o que fiz, quanto mais sentia o seu pau me preencher mais louca por ele eu ficava.

Dominic abria a boca e rosnava e aquilo me deixava com mais tesão. Eu iria à loucura com esse homem. Quanto mais eu cavalgava em seu colo, meus seios saltavam e isso fez com que

ele pegasse um em suas mãos e começasse a sugar meu mamilo com fome.
— Eu senti falta disso, Hazel. Do seu corpo se envolvendo com o meu, porra!
Quanto mais Dominic falava, mais perto de gozar eu ficava, mas quando ele mordeu meu mamilo eu me libertei.
— Eu senti falta de você em todos esses dez anos.
Dominic acabou gozando um pouco depois e nós caímos na cama. Ele ainda estava dentro de mim, e eu fiquei deitada sobre o seu corpo, completamente extasiada com o que tínhamos acabado de fazer.
Enquanto meu corpo se acalmava, Dominic acariciava meu cabelo.
— Agora você acredita no que eu disse?
Levantei minha cabeça do seu tórax e assenti.
— Sim, eu meio que não quis acreditar desde o início por estar muito magoada com você, mas depois você foi se mostrando ser aquele garoto que eu conheci, que me fazia rir, que fez Haven ficar ainda mais feliz.
— Então, eu posso pedir que você seja minha namorada?
— Dessa vez, você contará para todos?
— Se precisar eu mando escrever até no céu. Ninguém mais pode me impedir de demonstrar meu amor por você, Hazel.
— Não seria abrupto demais eu me tornar sua namorada de uma hora para a outra?
— Dez anos, Hazel. Não é de uma hora para outra. Eu esperei dez anos por essa chance e não vou perder por causa do julgamento da sociedade.
Soltei uma gargalhada e respondi:
— Tudo bem! Eu aceito ser sua namorada, Dominic.
E foi assim que as coisas começaram a se encaixar realmente em minha vida.
Eu não sabia que precisava perdoar uma pessoa que prometi odiar, para sentir a leveza me tomar 100%. Muito menos que eu precisava voltar a entregar meu coração a Dominic, para que eu pudesse realmente dizer que era plenamente feliz.
Naquele dia, no seu apartamento, quando tudo pareceu se encaixar, eu soube que se passaram dez anos, mas o tempo certo que precisávamos para podermos amadurecer e viver nosso amor verdadeiramente.

Dominic

Tínhamos acabado de chegar à fazenda dos pais de Hazel. Ela estava sentada no banco do carona, enquanto sua mãe e minha menina estavam no banco de trás.

As férias da minha pequena estavam para acabar e ela sempre cobrava que a mãe havia prometido que passaria uns dias na casa dos avós.

Hazel tinha me contado também que seu pai, desde que ela engravidou, nunca mais foi o mesmo com ela. Foi pensando naquilo que tomei a decisão de pegar todas e levá-las à tal fazenda.

Além de me desculpar com Hazel, eu também precisava me desculpar com seus pais, por isso, ali estava eu, sentindo meu corpo gelar por dentro ao ver o senhor de cabelo grisalho aparecer no alpendre da casa de campo.

— O vovô está com cara de bravo — Haven comentou e nem esperou que descêssemos juntos do carro, ela mesma desatou seu cinto e saiu correndo em direção ao avô.

Seu Martin poderia até parecer um homem malvado, com seu bigode quase tomando a boca, mas assim que viu a garotinha correndo em sua direção, abriu os braços e a pegou no ar.

— Bem, vou ver meu velho.

Lucinda saiu do carro e ficamos somente Hazel e eu no automóvel.

— Se você quiser fugir, esse é o momento — Hazel anunciou.

— Tenho de me tornar um homem de valor e assumir as minhas responsabilidades.

Ela sorriu para mim, assentiu e também saiu, mas ainda bem que esperou para que eu seguisse com ela, até onde o senhor nos encarava com o cenho franzido.

— Mamãe, eu pedi para o vovô não brigar com você dessa vez.

Hazel sorriu para a filha, mas não disse nada para o pai.

Percebi que realmente o clima não era bom entre eles. E por isso tomei a frente da situação.

— O senhor deve me odiar e eu entendo seu ódio. Só que não acho certo ficar com raiva da sua filha por minha culpa, então se tiver que odiar alguém, odeie a mim.

O senhor que ainda segurava Haven, entregou a neta para a avó e deu alguns passos em minha direção. Quando menos esperei, levei um soco bem na bochecha esquerda.

— Papai! — Haven gritou e pulou do colo da avó correndo até mim.

— Meu Deus! Você está bem? — Hazel indagou, olhando para mim, assustada.

Provavelmente nem ela esperava aquela reação do pai.

— Sim! — respondi, verificando se não havia machucado a boca e por sorte não cortou.

Lucinda estava parada no alpendre parecendo não acreditar no que havia acabado de acontecer.

— Por que fez isso, vovô? — Haven quis saber, ela parecia chateada, mas ao menos não estava chorando nem nada.

— Primeiro, violência nunca é o certo, netinha. — Seu Martin começou. Acho que ele não sabia mostrar muito bem o ponto de vista, ainda mais quando me socava antes de falar uma palavra comigo. — Mas seu pai me fez ficar muito bravo há dez anos. Ele fez minha filha chorar por dias, ficar sem comer por dias, então eu não conseguia aceitar o fato de que não pude cuidar da minha filha direito e que ela sofria.

O homem parou em frente à filha e segurou seus ombros.

— Sou um velho turrão, que não aceita muitas coisas, mas eu nunca fiquei com raiva de você, sim, de mim, por não tê-la protegido deste traste. Eu me orgulho de você, que apesar de ter sido mãe solteira, mostrou ao mundo que você podia muita coisa. Sua mãe me contou tudo o que passou na cidade com vocês e mesmo acreditando que pode ter sido uma obrigação ele quebrar seu coração, ainda vou ficar com raiva dele para sempre. O murro foi só para provar isso. — O homem sorriu para Hazel, que chorava, enxugou suas lágrimas e murmurou:

— Agora vamos entrar que tem comida demais na mesa.

— Eu amo você, pai! — Hazel disse.

— E eu amo você, filha! — O homem sorriu e encarou a neta. — Não vou mais esmurrar o seu pai.

— Está bem, vovô.

Haven aceitou a mão do avô e caminhou para dentro da casa com ele. Lucinda balançou a cabeça, mas seguiu para dentro com o marido e a neta.

— Acho que agora ficaremos bem — Hazel murmurou.

— Eu acho que ficarei com a cara roxa.

Hazel sorriu e eu tive que acompanhá-la, pois no fundo eu merecia o soco do seu pai.

Um dia eu fiz essa mulher chorar e ninguém deveria fazer Hazel chorar, ela merecia somente a felicidade e dias maravilhosos.

— Vamos começar a viver nossa vida?

— Mesmo sabendo que você terá um sogro bravo?

— Por você, eu já disse que enfrento o mundo, Hazel Morris. Para vê-la bem e seu pai pode me odiar, mas não me proibiu de ser seu amor para a vida toda.

— E você será mesmo esse homem?

— Com toda certeza.

Quando aquela mulher se jogou em meus braços e me beijou, só tive a certeza de que a minha vida enfim tinha começado nesse momento.

E eu viveria pelo resto dela ao lado dos meus grandes amores: Hazel e Haven.

Dez anos pareceu uma eternidade, mas eu faria com que os próximos dez fossem os melhores que poderíamos ter.

Vinte, trinta e os vários e vários anos que teríamos pela frente.

Epílogo

Hazel

Dez anos depois...

Levantei-me da minha cadeira e falei:
— E são com essas informações que a minha cliente pode provar que o marido a agrediu, durante dois anos e a ameaçou de morte.

E quando ouvi a sentença do juiz, sorri de lado, por saber que aquele desgraçado agressor de mulheres apodreceria no inferno da prisão.

— Senhora Morris, não sei como agradecer. — Edith, minha cliente, que me procurou quase que pedindo socorro, chorou ao dizer.

— Agradeça sendo feliz.

— Pode deixar.

Sorri para ela e saí do tribunal me sentindo triunfante. Entrei em meu carro e dei partida em direção à minha casa.

Sim, eu ainda morava no mesmo lugar, só que depois de dez anos já tínhamos novas decorações e moradores.

Como meu esposo, Dominic Carter. Nós nos casamos há cinco anos e eu a cada dia me sentia realizada com as nossas conquistas. Nosso escritório de advogados ainda dominava Miami e nenhum escritório concorrente poderia nos ameaçar mais.

Éramos conhecidos no mercado, Dominic Carter e Hazel Morris colocavam medo em qualquer um que quisesse lutar contra nós.

Estacionei na minha vaga e abri a porta de casa, logo ouvi os passos apressados de Harvey. Ah! Sim! Agora tinha mais um integrante na família, o nosso menino de seis anos, que veio antes do nosso casamento, mas tudo bem, meu pai ao menos não encrencou com a gravidez. Afinal, Dominic já morava na minha casa, éramos casados, só não oficialmente.
— Mamãe.
— Oi, meu amorzinho!
Peguei em meus braços meu pequeno, que por fim tinha saído parecido a mim e só puxado aos olhos de Dominic daquela vez.
— Papai está *plepalando* comida.
Ele fez uma careta e eu entendi muito bem o que aquilo significava.
— Ele está tentando colocar fogo na casa?
— U-hum.
Caminhamos até a cozinha e eu entrei vagarosamente para ver o tamanho da tragédia que estava acontecendo. Dominic estava de folga hoje dia, já que ele e eu revezávamos para que Harvey não precisasse ficar com babá.
— Eu posso saber o que a cozinha fez para você?
Ele estava sem camisa e usava uma bermuda que ficava grudada na sua bunda maravilhosa.
— Aprendi a fazer uma receita bem deliciosa e vou surpreender vocês.
Harvey me olhou e eu revirei os olhos.
— Amor, você sempre diz isso.
Ele me mostrou a língua e eu fui obrigada a sorrir. No mesmo momento seu telefone começou a tocar, anunciando uma chamada de vídeo.
— Ah, é nossa pequena!
Ele atendeu e logo vi Haven pela tela do celular.
— Oi, futura advogada! — cumprimentamos nossa menina que estava no seu primeiro ano da faculdade de Direito.
— Oi, seus puxa-sacos.
— Oi, maninha!
— Oi, meu pequetito lindo! — gritou do outro lado.
Ela sempre ligava quando suas aulas acabavam, para nos dizer que estava bem e claro que como eu era uma mãe coruja queria saber todas as novidades do dia.

Depois de batermos papo e de eu perceber que ela continuava sendo a melhor filha do mundo nos despedimos e eu sorri para o nada.

— O que é essa carinha, aí? — Dom, quis saber.
— A carinha de felicidade.
— Estou cumprindo meu objetivo.
— Metido!

E foi nesse momento que sua receita queimou e decidimos que era um ótimo dia para pizza.

— Vou aproveitar e chamar o casal melação.

Eu sabia que era Cameron e Jason, que já tinham se casado, mas nem pensavam em ter filhos.

— Aproveita e chama Lindsay que está na fossa, porque o namorado meteu o pé você sabe onde.

Dominic fez uma careta, mas assentiu. Aproveitei para ir à sala e deixar Harvey brincando com os seus brinquedos.

Logo voltei para a cozinha e fui ajudar meu marido, nada cozinheiro, a limpar sua pequena bagunça.

Ele me deu um beijo e me abraçou assim que parei ao seu lado.

— Somos muito felizes, não é?
— Muito, meu amor!
— Meu doce!

E quando recebi seu beijo eu só pude concordar com uma coisa: a vida era um doce, quando aprendíamos a vivê-la da forma certa.

Demorei um tempo para descobrir, mas quando aprendi, nunca mais deixei de ser feliz.

Fui enganada na adolescência pelo homem que nesse momento me amava e me fazia a mulher mais feliz do mundo. No entanto, agradecia ao destino por ter nos dado a oportunidade de viver nosso amor mais uma vez.

E, por fim, eu tive o meu *felizes para sempre*.

Agradecimentos

Quem diria que a garota que começou publicando seus livros de forma independente em 2017 estaria aqui, com um livrinho só seu em formato físico.
Ainda parece um sonho que tudo isso esteja acontecendo. Quando deixei toda minha vida como publicitária para trás em 2019, para viver da minha maior vontade, que era a escrita. Nunca imaginei que estaria publicando com uma editora tão querida, meu livro que mais conquistou corações, em formato físico.
Eu agradeço às pessoas que seguraram minha mão desde o início e também às pessoas que surgiram no meio do caminho: Bia Carvalho, a amiga que amo tanto e que sempre esteve ali me apoiando e me mantendo firme em minhas decisões (ela é a melhor pessoa do mundo). Amanda Ághata Costa, por ser a parte sensata da vida, mas que também me apoiou. Jessica Laine, ela é a minha gêmea de nome que mais amo e a minha maior leitora. Sonia Carvalho, essa eu considero como uma tia que ganhei, a pessoa que lê meus textos e fala "esse vai dar bom" e ela ainda me chama de florzinha. Como não amar?! Mari Sales, essa mulher é a luz do mundo.
Catia Mourão, Cici Cassi e Halice FRS, pessoas incríveis que conheci ao entrar para a Ler Editorial e que quero levar para a vida.
Obrigada, Ler Editorial, por abrir as portas para mim.
Agradeço a você leitor, porque sem você eu não seria nada e não continuaria criando histórias clichês, que muitas vezes nos fazem vomitar arco-íris.
E não poderia faltar, o meu grande amor, apoiador dos meus sonhos. Que me incentiva e está por trás de toda a divulgação das minhas obras, meu Vinicius.
À minha família, mesmo que eles ainda achem que eu não trabalho, por sempre estar na frente do computador (sorrindo, mas de desespero).

E ao meu avô, que partiu em 2021 e levou consigo uma parte da minha felicidade. Ele amava me chamar de escritora e hoje eu só posso dizer que vivo o melhor momento da minha vida, publicando este livro, mas não podendo compartilhar com ele, que torcia tanto por mim.

Obrigada!

Jessica Driely

www.lereditorial.com

@lereditorial